共和国的历程

坚如磐石

粉碎国民党军残余东山岛反攻阴谋

陈忠杰 编写

蓝天出版社 吉林出版集团有限责任公司

图书在版编目（CIP）数据

坚如磐石：粉碎国民党军残余东山岛反攻阴谋 / 陈忠杰编写.
—北京：蓝天出版社，2014. 1（2023.3重印）
（共和国的历程）
ISBN 978-7-5094-1073-8

Ⅰ．①坚… Ⅱ．①陈… Ⅲ．①革命故事－作品集－中国－当代 Ⅳ.
①I247. 8

中国版本图书馆 CIP 数据核字（2013）第 305427 号

坚如磐石——粉碎国民党军残余东山岛反攻阴谋
编　　写：陈忠杰
策　　划：金永吉　荆忠峰
责任编辑：祖　航　梅广才
出版发行：蓝天出版社　吉林出版集团有限责任公司
地　　址：北京市复兴路 14 号
邮　　编：100843
电　　话：010—66983715
经　　销：全国新华书店
印　　刷：北京柏玉景印刷制品有限公司
开　　本：710mm×1000mm　1/16
字　　数：69 千
印　　张：8
版　　次：2014 年 4 月第 1 版
印　　次：2023 年 3 月第 3 次
定　　价：29.80 元

前　言

　　中华人民共和国自 1949 年 10 月 1 日成立以来，已走过了六十多年的风雨历程。历史是一面镜子，我们可以从多视角、多侧面对其进行解读。然而有一点是可以肯定的，那就是，半个多世纪以来，在中国共产党的领导下，中国的政治、经济、军事、外交、文化、教育、科技、社会、民生等领域，都发生了深刻的变化，中国人民站起来了，中华民族已屹立于世界民族之林。

　　这段时间放到整个历史长河中是短暂的，有如弹指一挥间，但它带给中国的却是极不平凡的。六十多年里神州大地经历了沧桑巨变。从开国大典到 60 年国庆盛典，从经济战线上的三大战役到经济总量居世界前列，从对农业、手工业、资本主义工商业的三大改造到社会主义市场经济体制的基本确立，从宜将剩勇追穷寇到建立了强大的国防军，从废除一切不平等条约到独立自主的和平外交政策，从"双百"方针到体制改革后的文化事业欣欣向荣，从扫除文盲到实施科教兴国战略建设新型国家，从翻身解放到实现小康社会，凡此种种，中国人民在每个领域无不留下发展的足迹，写就不朽的诗篇。

　　六十几年在历史的长河中犹如沧海一粟，但对身处其间的个人却是并非无足轻重的。其间究竟发生了些什么，怎样发生的，过程怎样，结果如何，非人人都清楚知道的。对此，亲身经历者或可鲜活如昨，但对后来者却可能只是一个概念，对某段历史的记忆影像或不存在或是模糊的。基于此，为了让年轻人，特别是青少年永远铭记共和国这段不朽的历史，我们推出了这套《共和国的历程》。

《共和国的历程》虽为故事形式，但与戏说无关，我们是想借助通俗、富于感染力的文字记录这段历史。这套丛书汇集了在共和国历史上具有深刻影响的重大历史事件。在丛书的谋篇布局上，我们尽量选取各个时代具有代表性的或深具普遍意义的若干事件加以叙述，使其能反映共和国发展的全景和脉络。为了使题目的设置不至于因大而空，我们着眼于每一重大历史事件的缘起、过程、结局、时间、地点、人物等，抓住点滴和些许小事，力求通透。

历史是复杂的，事态的发展因素也是多方面的。由于叙述者的视角、文化构成不同，对事件的认知或有不足，但这不会影响我们对整个历史事件的判断和思考，至于它能否清晰地表达出我们编辑这套书的本意，那只能交给读者去评判了。

这套丛书可谓是一部书写红色记忆的读物，它对于了解共和国的历史、中国共产党的英明领导和中国人民的伟大实践都是不可或缺的。同时，这套丛书又是一套普及性读物，既针对重点阅读人群，也适宜在全民中推广。相信它必将在我国开展的全民阅读活动中发挥大的作用，成为装备中小学图书馆、农家书屋、社区书屋、机关及企事业单位职工图书室、连队图书室等的重点选择对象。

编　者
2014 年 1 月

目 录

一、 我军部署海防

● 一支万人组成的国民党军特别作战部队，在夜色的掩护下，诡秘地向福建南端的东山岛进发。

● 游梅耀不假思索地回答："人在岛在，打死了就化为肥料长庄稼。"

● 叶飞马上命令沿海岛屿各部进入一级战备状态，高度注视敌人动向，防止敌人发动突然袭击。

东山岛之战拉开序幕

1953 年 7 月 15 日，忽然间，在东山岛，轰隆隆的枪炮声骤然响起，解放军守岛部队和敌人展开了激烈的战斗。

东山岛之战由此拉开了序幕！

在这天夜幕降临时，一支由坦克登陆舰、中型登陆舰和护卫舰等 13 艘舰艇组成的舰队从金门起航，在夜色的掩护下，诡秘地向福建南端的东山岛进发。

在舰艇上搭载的，是一支万人组成的国民党军特别作战部队。

这些人在国民党军金门防卫部司令长官胡琏和第十九军军长陆静澄的率领下，正在实施一项蓄谋已久的军事行动，即突袭东山岛。

敌人妄图一举全歼人民解放军守岛部队，占领东山岛，建立国民党"反攻大陆"的"桥头阵地"。

国民党军打算袭击东山岛，并不是一时的冲动，而是为此做了处心积虑的准备，而美帝国主义助纣为虐，促使蒋介石搞这次偷袭。

在 1953 年 6 月份，正当蒋介石郁闷不堪之际，忽有报告说，美国驻台军事顾问团团长蔡斯求见。

这个美国顾问蔡斯刚刚坐下，就显得有些急不可待。

他开门见山地说明了这次来的目的："几年以来，我们双方朝夕操练，海陆空三军并用，以敌前登陆为目标的训练工作，已经差不多了，孙立人司令要我去看过，我也满意，希望总统也去看看，准备出击。"

要是在其他时候，蒋介石对美国有关"反攻大陆"的只言片语，都会万分感激。可是现在，解放军在朝鲜战场取得了一次又一次重大胜利，国民党的部队不但没有派上用场，还到处丢人现眼，这让蒋介石对美国很有意见。

不但如此，美国方面还要按照几年前的计划"反攻"一个小岛。蒋介石如今虽然已经被解放军打得精疲力竭了，不过他也不想反对，因为"反攻大陆"的梦想一直在他的脑海里萦绕。

于是，蒋介石笑着说道："我明白了，你的意思是要我们这支苦练了几年的精兵，按照预定计划出击挨着广东的福建东山岛吗？"

蔡斯坐在那里哈哈大笑道："对对，是时候了！"

但蒋介石还是愣了一下，他说："怎么是时候了？你们在朝韩战场不好好地打，这6天之中，对方来了个反击，就解决了联合国2.6万多人。李大统领4个多精锐师被击溃，对方阵地向前推进了好几公里，连战斗机都来不及起飞就被干掉，你们不但不支持李大统领的反对停战，反而还要与共党继续停战谈判。"

蒋介石摇摇头，好像要叹出一口气的样子。接着，

我军部署海防

他又说道，"我对你们的做法实在不乐观。"

蔡斯有些不高兴，说道："你说得对。可是你也别忘了，突袭东山岛的计划，正是你们订下来的，也是你们要我们顾问团负全责供应装备、训练进攻的，老实说，这种帮助完全为了你们打算。请问：突击一下有什么用呢？特别是那个小岛，你要我们美国海军去守的话，那是不可能的。不过我们赞成，因为这样--来可以使自由中国的威信提高起来，可以使共产党顾此失彼。特别是今天，你既然明白我们在朝韩战场非常不利，那么为什么不可以利用突击东山岛的胜利，以呼应韩国战线，来振奋联合国声威，并且削弱共军对韩战场的支援呢？"

蔡斯说完后，蒋介石也觉得很有道理。

为了挽回自己作为"总统"的面子，也许是为了纠正方才的失态，就笑着说："也好，既然团长这样有兴趣，我们自当按照计划办事。"

转而，蒋介石又忽然表情有些严肃地说："不过，有言在先：第一，希望你们支持；第二，一旦登陆，最好占领，这一点就必须你们派出舰队，否则或许有变。"

蔡斯想了一下说道："第一点好办，这次出击的部队，从头到脚，从降落伞到运输舰，无一不是我们美国的东西。"

蒋介石继续说："希望你们不但要派顾问去，并且希望多派几位去，因为我们没有陆海空三军敌前登陆和立体作战的经验，此外还希望派去的顾问在官衔上要高些，这样可以鼓舞士气。"

蔡斯心里虽然不乐意，但为了实现美国继续干预中国内政的霸权主义野心，蔡斯当即表示："顾问是一定要派的，而且人数也一定比前几次小规模的突击要多，因为突击东山岛是一项规模较大的军事行动。至于占领与否，要看具体情况，原则上恐怕还是不占领为妙。你大胜而归，声威不小，你给他撵走，就前功尽弃了。"

蒋介石还是不放心，问道："那么，舰队呢?"

蔡斯坐在那里大笑："第七舰队当然是防卫台湾的，要它出动，还得问问美国政府才行。"

事实上，蒋介石之所以同意出击东山岛，自有他的算盘。他从几个方面认为：

一是东山岛位于福建和广东交界处，距离福建和广东两地的解放军主要兵力集结地有相当长的距离，加上公路路况不良，会延缓解放军增援的时间。

二是东山岛位于福建境内，只有福建的兵力会立刻做出反应。但是跨防区的广东方面解放军增援的可能性甚微。由于驻扎在福建的解放军同时担负正面对台防御任务，不可能迅速抽调足够兵力增援东山岛。因此，国民党的强大攻击集团可以迅速完成登陆作战和随后的清剿战斗，并且会有较为充裕的时间完成和巩固防御阵地。

三是解放军的海军力量不敌国民党军队，至少不能在短期内构成对国民党军队的威胁，所以他有信心。

四是攻占东山岛之后，以此为前进基地，以后可以

我军部署海防

用重兵团向福建和广东交界处的山区攻击前进。在闽粤交界的山区，即当年闹革命的贫困地区开辟"自由基地"，而后视事态向大陆内地发展。

五是当时大陆的政治环境又非常利于实施东山岛登陆作战：中国大陆正处于经济困难的严峻时期，民心和军心浮动，人心思变，具备"反攻大陆"和"光复大陆国土"难得的时机和民意基础。

然而，蒋介石的阴谋盘算并非有如意的结果。

解放军早已做好准备

7月16日黎明时分，敌军舰队抵达东山岛附近海域，登陆部队随即换乘小艇兵分三路抢滩登岛。

天渐渐亮的时候，又有20多架国民党飞机出现在岛北上空。

机群飞过之处，天空中飘起许多白色的伞花，国民党军两个伞兵中队近500名伞兵开始实施空降。

针对国民党军队突然来袭东山岛，我人民解放军早已在福建沿海做好了充分准备，打算和国民党的袭扰势力斗争到底。

早在1951年3月中旬，陈毅率工作组赴闽视察，检查战备和海防工作，并作出了重要指示。

同年5月份，福建省海防工作委员会成立，叶飞兼主任。

福建省委、省政府、省军区经常召开会议，研究和部署海防工作。

由于缺乏海防斗争经验和个别领导人麻痹轻敌，还是发生了南日岛失利的事件，这也是此次敌人在南日岛得逞之后再次袭击东山岛的原因。

原来，在1952年10月8日，国民党"金门防卫司令"兼"福建游击军区司令"胡琏派特务化装成渔民，

秘密潜入莆田湄洲湾外的南日岛，在那里转悠了两天，侦知我南日岛只驻扎了解放军一个加强连的兵力，便认为这是偷袭的好机会。

1952年10月11日晨7时，胡琏指挥国民党残军9000多人，分乘10艘舰艇，在8架飞机的掩护下，突然向南日岛发起攻击。

当时，解放军守岛部队顽强抗击，激战11个小时，但终因寡不敌众，大部壮烈牺牲。

不仅如此，由于当时派出增援的部队实行的是"侦察性的攻击"，逐次增兵，未能改变敌我兵力对比，再加上工事未修好，因而未能有效打击敌人，反被敌人各个击破。

此役虽杀伤进犯的国民党军800余人，但解放军自身却损失较大。

全岛曾一度被敌军占据，岛上的党政机关和人民群众也受到重大损失。

这是福建部队自金门失利后的第二次失利，是二十八军自解放战争以来又一次大的损失。

叶飞知道以后，痛心异常。

国民党军占领南日岛后，蒋介石像被注射了兴奋剂一样兴奋异常。这年12月份，蒋介石拟从台湾、金门调动一部分兵力进攻福建岛屿，并妄图攻占两三座县城。

这时的蒋介石贪心日长，开始处心积虑地思考如何突袭东山岛。

面对严峻形势，中央要求福建军区不要依赖任何外援，以现有兵力粉碎敌军的进攻。

彭德怀向周恩来提议，要中央让已调华东局工作的张鼎丞回福建主持党政工作，以便于让叶飞能够专心于军事领导。

周恩来马上与张鼎丞通了电话，作了任务布置，并在 12 月 26 日将此情况报告给毛泽东。

为了准确并及时掌握情报，1953 年年初，我军在金门岛对面的厦门云顶岩山上设置观察所，架设了 20 倍的望远镜，金门岛四周敌人的活动尽收眼底。

突袭东山岛是国民党军蓄谋已久的阴谋。

在新中国成立之后，和台湾一水之隔的福建成了国防最前线。

当国民党军突袭福建、浙江大陆沿海，妄图牵制解放军抗美援朝军力的企图屡遭失算后，不仅蒋介石急了，美国更急了。

到了 1953 年春，朝鲜战事还没有结束，艾森豪威尔当选美国新一届总统，一贯亲美的蒋介石就变得嚣张起来，打起了东山岛的主意。

于是，福建前线局势更显紧张。

这个东山岛，简称陵岛，因主岛形似蝴蝶亦称蝶岛，是福建省第二大岛。位于福建、广东两省交界处，面积为 165 平方公里，人口约 8.3 万。该岛北部与大陆仅隔一条大约 500 米宽的八尺门海峡，是闽、粤的海上交通咽

我军部署海防

喉，闽南的海上屏障。东山岛距离国民党军所盘踞的大、小金门只有 70 多海里。

就因为其位置极其重要，蒋介石"国防部"确定以金门防卫部一个加强师的兵力，在部分空降兵的配合下，对东山岛实施登陆作战。

胡琏对此次偷袭信心十足，自诩这次是"狮子吞蚂蚁行动"：自己有 1.3 万人马，有海空军配合，而岛上共军不足一团，加上水兵，总共不过千把人，他要集中优势兵力打歼灭战。

敌人企图用"以大吃小，速战速决"的办法，一举全歼解放军守岛部队，并占据该岛，建立反攻大陆的据点，进而达到牵制我抗美援朝的部署，策应美国对朝作战，扩大其影响的目的。

毛泽东指示加强防备

1952 年 12 月 28 日，毛泽东亲自起草文件，以中央和军委名义，向华东局、华东军区、福建省委、福建军区并中南军区发出《加强防备，粉碎国民党军对福建沿海的进攻》的指示。

指示对福建军区提出如下要求：

一、迅速地坚决地加强必守岛屿的防御工事，预储充分的粮弹饮水，鼓励守军做长期坚守的准备，不许再犯南日岛那样的错误，否则须予负责者以应得的处罚；

二、预计敌攻岛屿的几种可能，决定明确的增援计划；

三、预计敌在大陆上某些可能登陆的海岸要点，做好若干非永久的战术性的防御工事。

例如最近我以一个排坚守海岸工事，赢得时间，以一个连增援，歼灭了登陆敌人百余那样。这种以排以连以营为单位的战术性的若干防御工事，是必须做的，不是要你们做大规模的和永久性的大陆海岸防御工事。而在选定必守的岛屿上则必须是永久性的和十分巩固的

我军部署海防

工事。

毛泽东的指示还特别提出：

张鼎丞同志即回福建担任省委书记并省府主席，叶飞同志专任军事。在张鼎丞同志未到福州前，由他人暂行主持省委、省府工作，叶飞同志立即抽出身来全神贯注于对敌作战方面。

从目前起两个月内是最关重要的时机，务必唤起福建全军及沿海要地党政及人民群众充分注意对敌斗争，不得疏忽大意，致遭不应有的损失。

1953 年 1 月 8 日至 10 日，福建省委召开有省委委员和地委书记、专员参加的紧急扩大会议。

张鼎丞和叶飞分别就形势和战备问题讲了话。

与此同时，在台湾方面，蒋介石当局正在加紧策划袭击东山岛的阴谋。

蒋介石组织召开阴谋会议。

在会上，台湾当局所有人都觉得发动东山岛战役没有失败的理由，一个个都摩拳擦掌的样子，仿佛东山岛已经成为他们的囊中之物了。

看到大家这么有信心，蒋介石也挺兴奋，他在会上发表了讲话。

他说：

　　我们来到台湾，已经 5 个年头，再不显点颜色给他们看看，我们也太对不起"南朝王师"的大陆同胞了！我们一到东山岛，岛上老百姓一定盛情欢迎，风声远播，那么我们反攻大陆便更有望了。而且联合国军正在韩战受挫，我们这次胜利，定必大收鼓励士气之效。

　　你们凯旋回来，美国的贺电也跟着就到！你们别忘记我们在南韩争取战俘归来，目前困难重重。虽然三方面合作，把不肯来台的共产党打死了很多很多，但是我们不希望把他们都弄死了，如果他们知道我们东山岛大捷，这批战俘便很可能到台湾来了。

　　总而言之，这一次你们出击的意义重大，只许成功，不许失败！

国民党一群人经过讨论后，会议将出击东山岛的日子定在 7 月 16 日，出发地点包括金门、左营等地。
国民党军队拟出计划分五步登陆东山岛：

　　第一步，完成一切作战准备之后，在金门岛进行兵力集结，尔后由金门出发沿海路接近东山岛。

013

第二步，由海军军舰在东山岛外海使用舰炮火力和航空兵火力对东山岛滩头进行炮击，以扫平解放军滩头防御工事，为登陆部队清除障碍。

第三步，登陆部队在火力掩护下，在东山岛东侧和东南分三路登陆，抢占滩头阵地并向纵深进攻。

第四步，空降兵一个支队在地面部队实施平面登陆的同时，在东山岛北侧实施垂直登陆，控制岛北部的八尺门渡口，阻止我后续部队增援，并策应地面部队实现南北对进，以达到控制东山岛的目的。

第五步，两支部队南北夹击解放军守岛部队，得手后在东山岛核心阵地会合。

叶飞提出海防方案

面对台湾海峡蒋介石军队的最新动向，福建省委在召开的紧急扩大会上，对巩固福建海防的作战方针有两种意见：

一是把三个军全部投入防御，如果这样做，纵深就没有机动兵力，非常被动和不利；

二是只以两个军担任防御，而以一个军为纵深机动兵力，这样做比较主动和有利。

在这次会上，叶飞和兵团有关领导反复研究考虑，决定采取第二套方案。

执行第二套方案也有如下困难：

第一，只以两个军担任1000多公里海岸防御任务，照顾不过来；

第二，纵深机动兵力只有一个军，要在1000多公里海岸机动很困难。

由于抗美援朝和军队建设的需要，要增加兵力是不可能的。

我军部署海防

为了执行第二套方案，与会人员又展开了热烈的讨论。

在会上，叶飞确定把福建前线划分为两个作战方向：

第一个作战方向是闽北福州方向；

第二个作战方向是闽南厦门、东山岛所在地区的漳州、泉州方向。

为此，对于沿海防御方针，大家决心采取控制海岛以防御海岸的方针，这样做就可以大大节约和减少第一线的兵力。

福州方向控制闽江口及三都澳、沙埕港外的各岛；闽南方向控制厦门、东山岛及泉州湾。控制海岛就控制了海岸线，采取这个办法就避免了分兵把守，处处防御又处处薄弱的缺点。

要解决和克服第二个困难，就必须采取机动兵力机动的办法，就是利用福建沿海公路来使用机动兵力，即改变过去一贯采用的只以徒步急行军的办法，而使用汽车装载部队进行机动，这样机动兵力的机动能力就强得多了。

这实际上就是将机动部队的步兵摩托化，即平时不配备汽车，一到作战，立刻集中汽车运载机动兵力，实现部队摩托化。

但是，当时叶飞的第十兵团没有装载部队的车辆，华东军区只有一个汽车团是可以机动使用的，但驻扎在上饶。

后来，叶飞曾请求华东军区把这个汽车团调到福州，可是却没有得到批准。

那么，运载整整一个军的兵力所需汽车究竟从何而来呢？

叶飞是很有办法的人。

他在地方还挂着职务，是福建省人民政府副主席，他把目光集中在福建地方的运输车辆上，规定沿海作战部队需要用汽车时，地方各部门运输车辆无论客车、货车、机关单位车或是公路营运车，全部集中归部队使用。

当时思想工作好做，各部门都表示无条件服从。

当时福建海口被封锁，鹰厦铁路尚未修通，交通运输全靠公路，地方运输车辆比较多。一统计，一旦需要时集中起来只要可负担运输一个军，就可以把这个军变成摩托化军了！但平时是不能集中车辆的，会影响地方经济生活。

于是，叶飞司令员制订了一个预定方案，规定战争发生时的车辆集中地点，一接到命令，所有民用车辆便立即转入军用运输。

福建前线的战略部署，还有一段插曲，就是叶飞和苏联专家的争论。

福建前线开始没有苏联顾问，后来才来的。

苏联顾问热情、细致、一丝不苟，但是脱离实际，硬搬教条，指手画脚，不像顾问，倒像是领导。

苏联顾问与我解放军的战略思想格格不入，一来就找了许多麻烦，并与前线指挥员叶飞发生了摩擦甚至争论。

苏联顾问对我们的作战部署横加指责，要我们按他们提出的防御方案，在沿海作正面防御，即单纯的消极防御。

而福建前线我军的方案，是根据毛泽东"确保要点，诱敌深入，聚而歼之"的指示拟订的，经华东军区、毛泽东批准的。

双方发生争论时，叶飞告诉苏联总顾问："我们的战略方针是积极防御方针。如果敌人大规模登陆，除了厦门坚守，其他如漳州、泉州都不守，让他进来。我们没有海军，无法切断敌人的海上联系。避开我们的短处，让他进来，敌人海军就发挥不了作用。他的空军也是有限的。"

这样，苏联顾问恼火了，他一回南京，就对陈毅司令员讲："你们的前线司令员叶飞是个'英美派'！"

苏联顾问又向军委告了叶飞的状。

在回苏联前，还向毛泽东告状，说"叶飞此人靠不住"，要毛泽东撤叶飞的职，还说要告到斯大林那里。

陈毅把此事告诉了叶飞，并且哈哈大笑说："这老家伙搞错了，毛主席是最不买'洋大人'账的！"

以后，彭德怀也向叶飞说起此事，两人又止不住大笑了一阵。

话又说到部署方案上来。

在福建省委召开的紧急扩大会上，叶飞还认为，敌人的空军也是有限的，而"关门打狗"恰是解放军的拿手好戏。为此，叶飞提出了诱敌深入，然后集中优势兵力聚而歼之的战略方针和作战方案。

叶飞这个积极防御的方案获得了会议的通过，并得到了华东军区和毛泽东的批准。

之后，福建省委、福建军区采取有力措施加强备战工作，对敌人可能登陆进犯的地方，都制订了相应的作战方案。

1953年春，由美国中央情报局控制的，落户台湾的"西方公司"从幕后跳到了台前，美国顾问蔡斯策动国民党军加紧了"反攻大陆"的步伐，他们的眼睛很快就盯上了东山岛。

后来，就出现了1953年7月15日夜晚，国民党军特别作战部队1万多人突袭东山岛的一幕。

国民党军队在这次登陆作战中投入的总兵力达1.2万人。其中有：陆军第四十五师3个团、第十八师第五十三团；海军陆战大队一个中队约200人，一个水陆坦克大队、水陆坦克有21辆；空降兵一个支队487人。并有空军航空兵的火力支援，海上力量主要为国民党海军第四舰队的护卫舰、登陆艇、炮舰等14艘舰艇。

此外，还有福建省"反共救国军"第一、第二突击大队，南海第八中队等。

后来，国民党空军得到情报："东山岛上有部队。"

美、蒋双方研究后认为，解放军忙于朝鲜战争，那点人成不了气候，没什么可怕的。

为了使登陆突袭成功，敌人紧锣密鼓地进行组织准备。他们主要采取了以下手段：

一是战前侦察。

战前，国民党军不断派遣舰艇到东山岛附近海域进行侦察，并多次抓捕大陆渔民，在东山岛沿海就有200多渔民被抓走。国民党军向他们查问我东山岛守备兵力和东山岛北约12公里的古雷半岛、东山岛东北约45公里的六鳌半岛至东山岛东北约53公里的旧镇沿海一带我部队船只的活动规律。同时派遣特务搜集我兵力部署、工事构筑、炮位、仓库、交通及滩岸等情报。多次出动侦察机在100米至500米的低空掠过东山岛进行航拍。7月8日后，每天出动侦察机两架次以上。

二是编组部队。

1953年7月7日，国民党军在金门成立了"联合任务指挥部"，以金门防卫部司令长官胡琏为总指挥，设一个美国顾问组，下辖陆军八十五师、十八师五十三团，海上突击第一、二大队，南海纵队第八中队，海军陆战队第三大队，还有6月1日在台湾组建的一支由480人组成的伞兵支队，并配备了各种舰只13艘，飞机数十架。

三是组织演练。

战前，国民党军登陆部队在金门集结，多次进行上下船、夜间登陆、进攻、撤退等模拟演习和沙盘作业。

伞兵支队则按作战计划在台湾本岛选定一处与东山岛相似的地形，进行多次空降演练。战前一星期，国民党军还组织了一次三军协同登陆作战的全面演习，以检验其准备效果。

四是选定登陆地段。

国民党军在经过各种手段侦察和对情报分析后认为：东山岛南部地形较为平缓，港湾隐蔽，沙滩开阔而坚实，便于登陆艇直接靠岸和舰炮火力支援；登陆后，便于向两侧和纵深发展，且该地段我军守备力量相对薄弱。因此他们把登陆点选在东山岛南部的湖尾、白埕、亲营等地。

五是采取保密和迷惑措施。

登陆前夕，国民党军舰、飞机的活动方向突然由福建转向浙江沿海，以转移我军视线。同时他们将东山岛改称为"菱形岛"，并更换了一些地名，在通信联络及战前演习中均使用新的名称，以迷惑解放军。国民党军还对行动计划严格保密，直到出发前，才向部队宣布作战目标和任务。

我军部署海防

叶飞任命游梅耀驻守东山岛

1953 年 5 月初，一个人奉命来到省委驻地福州乌山叶飞的办公室，十兵团兼福建军区副政委刘培善也在座。这个人是谁呢？他就是游梅耀。

原来，十兵团兼福建军区司令员叶飞觉察到台湾国民党军队的异常活动后，为了东山岛的防务考虑，觉得必须要有一位过硬的指挥员担任驻东山岛公安八十团的团长。

在众多部属当中，叶飞最后选定了得力干将——公安八十团主帅游梅耀。

游梅耀来到后，叶飞上来就问："游梅耀，我把守东山的任务交给你，你有没有信心？敢保证吗？"

游梅耀不假思索地回答："人在岛在，打死了就化为肥料长庄稼。"

游梅耀是个久经沙场的老将，在战争年代曾三次与死神擦肩而过，至今心脏一旁还留有弹片。

面对敌人，游梅耀历来就有视死如归的革命英雄主义精神。

叶飞欣赏游梅耀的男儿本色，对他的话很满意，点点头，接着又问："东山岛范围大，你一个团打算怎么守？"

游梅耀对这事已经胸有成竹了，对着叶飞响亮地回答说："我打算把主要精力放在挖工事、坑道上。工事、坑道挖好后，留少数人监视海面，大多数人隐蔽于工事、坑道内，做机动防御，敌人一旦上岛，我便将主要兵力用在突击方向上。"

叶飞笑了笑，问道："你有把握守多久?"

游梅耀想了想回答道："敌人若来一个营，我能全歼，敌人若来一个团，我坚持三天，敌人若来一个师，我能坚持两天，敌人来一个军，我力争坚持一整天。"

叶飞很满意这样的答复，静静地看着游梅耀，表情严肃地说道："我们来个不成文的约定吧，敌人来一个军或来一个师，我只要你坚持一整天，我就按军功奖赏你；若你坚持不了一整天，我拿你是问。但一整天后援兵不到，就是我的责任。"

两个人见过面之后，已经到了12时。

那天，叶飞要游梅耀下午就去赴任，可游梅耀因妻子正要生孩子，打算晚一两天赴任。

叶飞非常理解游梅耀的心情，然而，敌情紧急，时间已经很紧张了。

于是，叶飞对游梅耀说："敌情紧急，你最迟也得明天8时前出发。你在福州的房子不变，你妻子生孩子的事交给组织上管，相信组织会照顾好的，你就放心去吧!"

游梅耀从叶飞的话里，明显感到这次行动非常重要。

叶飞在送游梅耀出门时，还不忘对他交代："你团部

我军部署海防

设在东山岛外的陈岱镇，指挥岛上作战很不方便，应移驻东山岛上，以便直接指挥部队。"

"是！请叶司令放心！"游梅耀大声说道。

这个游梅耀原是闽西籍老红军，抗战时曾在陈毅身边当过三年副官。开国元帅陈毅那种临危不惧、处变不惊的气质对他影响很大。

游梅耀经常对人讲，他从陈毅的身上，学到了四点精髓：

> 对革命要有天塌不动的信念；
> 对敌人要有泰山压顶的气概；
> 对败仗要有拿得起放得下的大丈夫气量；
> 对生死要看得像吃饭睡觉一样寻常普通。

事实上，叶飞早在抗战时便认识了游梅耀。

游梅耀到他麾下后，叶飞对其信任有加，解放初期派他到闽西整编部队，组建警备团，并任命他当团长兼党委书记，负责闽西剿匪。后来这支部队调防厦门大嶝岛，游梅耀因身体不佳，改任十兵团速成学校副校长兼校务处长。

如今东山紧张，叶飞决定让"雄狮"出击。

到任第一天的早晨，游梅耀乘坐叶飞派来的汽车直奔东山岛。

刚刚上任，游梅耀就按照叶飞的指示，把团部移驻东山岛，带着战士们起早摸黑修建坑道、工事，做好了和敌人作战的准备。

公安八十团的建制归上海公安司令部，由十兵团和福建军区指挥，具体又归三十一军指挥。这个团由漳州县大队独立营整编，老百姓叫它"地瓜兵"，还不是主力部队。

在游梅耀的带动下，战士们精神振奋，决心打出军威，给国民党一点颜色看看。

游梅耀作守卫东山岛部署

1953 年 7 月 10 日，位于金门、马祖的国民党军队蠢蠢欲动，出动舰艇频繁在福建近海窥探，并连连派飞机进行低空侦察。

司令部获此消息后，叶飞马上命令沿海岛屿各部进入一级战备状态，高度注视敌人动向，防止敌人发动突然袭击。

游梅耀团长心里清楚，现在，敌人开始行动了，守卫东山岛的部队不能不防。

福建军区既定的海岛防御方案有两种：

一，如敌力量不大，我则固守待援；

二，如敌人多势众，我则主动撤出，避免吃亏受损，然后再寻机反击。

简而言之，便是"固守防御"和"机动防御"两种方案。

两种方案虽都有"防御"两字，但一字之差，却大相径庭。

现在敌人频繁出动，福州方面为慎重起见，避免不久前发生的南日岛驻军被胡琏偷袭而损失较大的事件重演，决定采取第二种方案，即"机动防御"，这不失为明智之举，也是目前最佳的选择。

接到电令后，游梅耀和东山县委书记谷文昌等党政军领导人员召开紧急会议进行研究。

游梅耀根据敌情和地形，果断地改变机动防御的作战预案。他对大家说："如果敌人来袭，地方党政机关可以撤出岛，但部队固守待援！"

游梅耀为此陈述理由，他说道："我们当兵的枪一响就溜，还有什么威信可言？老百姓将遭受多大损失？我游梅耀还有什么颜面再见他们？我们当兵的手中枪不就成了烧火棍了吗？我们一定要坚持战斗！另外，如果我们撤退，敌人在岛上站稳了脚跟，钻进了我们挖的坑道、工事里，就将难以反击了。"

谷文昌等地方党政领导觉得游梅耀分析得有理，也表示不撤退，协助部队打好这一仗。

游梅耀早在上任前就向叶飞保证，如果敌人来了一个军会坚守一天，他当然有理由不撤。但军人必须服从命令，他还是给福州回了电，同时也将电报发给三十一军首长，表明要"固守待援"，打赢这一仗。

叶飞接到游梅耀电报的时候，根据情报跟踪，已经完全断定敌人的目标就是东山岛。

叶飞非常相信自己的部属，尤其是这个外号叫"东山游"的游梅耀，敢打敢拼，而且说到做到。

大敌当前，叶飞还是有点放心不下，就直接与游梅

我军部署海防

耀通话："东山游，如果敌人来袭估计会有大队人马，你手头只有1200多人，真能顶得住吗？"

游梅耀显得信心十足，说道："报告司令员，我们能顶得住！"

叶飞又问："你估计能守多久呢？"

游梅耀语气坚定地回答："还是上次和司令员说好的，保证守一整天！"

叶飞关切地问："你一个团的兵力怎么顶？"

叶飞的顾虑自然是有一定根据的。

公安八十团当时有一个营的配置在漳州，因此，游梅耀手中实际只有一、二营，还缺了第四连，外加迫击炮连、水兵一连，总共只有1200多人。

然而，这个敢打敢拼、说到做到的"东山游"游梅耀，就在当夜24时左右，快速地调动了他的这支部队。有的地方放一个班，有的放一个排，而把主力集中成一个拳头。

如此虚实结合，既能最有力地打击敌人，又可使国民党军受到多方牵制，不敢贸然前进，从而可以充分地拖延他们的时间。

面对叶飞的疑问，游梅耀回答："前轻后重。把一营放在200高地和425高地防御，二营坚守410高地，水兵连扼守八尺门渡口，县公安中队、盐警中队在城关待命。在给敌人一定的杀伤后，收缩兵力，转入主阵地，依托工事，固守待援。"

游梅耀继续对叶飞司令说："请司令员相信，只要我的脑袋还在脖子上竖着，决不让敌人的企图得逞！东山岛肯定不会成为第二个'南日岛'！"

叶飞一听就笑了，他对游梅耀说道："好！就按这个方案执行！"

在东山岛，解放军已经做好了准备，时刻警戒着敌人来袭。

果然，在1953年7月16凌晨，敌人200名伞兵在台湾新竹机场集合待发。

在机场上，美国军事顾问蔡斯耀武扬威地站在高处，对准备出发的国民党伞兵说道："为什么我们要出击东山岛，我想我们必须明白：在众多理由之中有一点，就是为了给朝韩战场以鼓励！我们攻占了东山岛，意义重大，等于在朝韩战场打了个大胜仗——不，超过了在韩国打了个大胜仗！"

最后，蔡斯带着自己的狂妄说道："这是反攻大陆的第一天，也是伞兵出动获得胜利的第一天。预祝你们取得成功，我们在机场上等待你们凯旋！"

到16日4时左右，敌16架军用运输机在新竹起飞，直飞位于西南方向的东山岛。

这批伞兵被蒋介石认为是"老本"，看来，他是在拼血本了！

这些伞兵都受过美国的培训，全身上下都是美式装备。这些伞兵当中的许多士兵在抗日战争时期就开始接

我军部署海防

受伞兵训练，有的已经有 10 年以上的航空经验了。

这次袭扰东山岛前，敌人首先在伞兵内部苦心拼凑，然后又把他们集中起来进行专门训练。为了这次行动，美国在台湾的所谓军事顾问团人员早就行动起来，给伞兵"紧急授课"，传授爆破术和美式通信器材的使用方法，显得很卖力。

早在 7 月 1 日，伞兵就在美国军事顾问团的指导和培训下进行了"沙盘演习"。

7 月 8 日，又在台湾八德飞机场举行了东山岛降落大演习。演习时，美军事顾问蔡斯和国民党空军司令王叔铭都在场为这些"战争工具"打气。

就在伞兵出动的前一天，7 月 15 日 21 时，国民党军金门防卫部上将司令长官胡琏，率领欠一三三团两个营的国民党四十五师、十八师五十三团和海匪一、二突击大队等部共计 1 万多人，分乘舰艇 13 艘，已经由金门起航驶向外海。

这个胡琏，就是 1949 年 10 月底人民解放军攻打金门岛失利后走了官运的国民党陆军上将。在国民党的军队里，他虽然算不上什么，可金门岛一役后，他似乎有了让自己骄傲的资本。

也许蒋介石也很器重他吧，所以就把突袭东山岛这个任务交给了胡琏这个心狠手辣的家伙。

而胡琏毕竟也经历了大大小小的战役，做事小心谨慎，他觉得，位于泉州的解放军要增援东山岛至少需要三天，其间最关键的就是漳州附近被国民党飞机炸毁的尚未修复的九龙江大桥。

因为九龙江大桥在泉州到东山岛270公里的道路上，九龙江大桥地扼要冲，这个桥还没有修好，解放军在泉州的援兵便不能南下东山，解放军没有援军，自己就可以在三日内拿下东山岛。

7月16日中午，胡琏得到空军关于九龙江大桥仍未修复的报告后，他感到十分欣喜，立即命令开始行动。

夜色深沉而诡秘，胡琏的舰队在悄悄地行进着。

在胡琏指挥的舰队上，有一个美国顾问显得趾高气扬，十分狂妄。此刻，他摆出个两脚叉开的姿势，双手撑腰立在舰桥上。

这个美国顾问对着胡琏用很"内行"的口吻说："再过几十分钟，我们就不能说话、亮灯，发出不该有的声音了。天明之后，当我们展开拂晓攻击的同时，我们的空降部队会及时来到。当我们海陆空三军的立体战斗、敌前登陆成功时，东山岛上便会飘扬起我们'自由中国'的旗帜。我把摄影能手带来了，希望他在诸位努力作战的时刻，可以拍摄到很多美景！"

美国顾问在这一厢情愿地畅想，但国民党士兵个个面面相觑。

有人说道："东山岛上没有守军，这个消息值得怀疑。"后来又有人说："侦察机发现了部队，我们又该怎样调整火力？"

敌人一个连长连忙给外国人帮腔，他说道："怕什么嘛，反正东山岛那么小的一个地方，我们可有千军万马啊！不用担心。"

一个敌排长忧虑地说："虽然我们大兵压境，可解放军的战斗力是不可以忽视的。我看我们还是要小心啊！"

那个连长生气地骂道："你真他妈婆婆妈妈！解放军就那么可怕吗？咱国民党的军队也不是吃闲饭的！"

敌排长好像有许多话要反驳，可是看到上司开口骂人，只能翻翻眼睛，不敢再说话了。

在月亮下去之前，敌人按照既定计划，不但想建立滩头阵地，而且还准备占领东山岛的制高点。

4时40分，从台湾起飞的运输机和歼击机掠过胡琏舰队的上空。此时，胡琏的登陆部队也已经换乘完毕，正一窝蜂似的准备抢滩。

一场战斗就要开始了。

二、 东山岛反击战

● 解放军福州指挥所的数部作战电话便此起彼伏地响了起来，各部门工作在有条不紊中进行。

● 严阵以待的守岛战士决心给敌人以迎头痛击。顷刻间，枪炮声、喊杀声震天动地地响起，打破了海岛凌晨的寂静。

● 炮连官兵临危不乱，一边阻击敌人一边转移阵地。弹药手、射手端起冲锋枪，拿起手榴弹，一通猛打，硬是把敌人打退了。

游梅耀决心坚守待援

16日晨5时许，胡琏统率13艘舰艇像饥饿的狼一样死盯着东山岛，不声不响地来到东海岸滩头，准备实施偷袭。

随着胡琏一声令下，从登陆艇上开出21辆水陆两用坦克，登上了海滩。第一拨登陆人马6000多人紧随坦克跟进。

早在胡琏的联合舰队驶出料罗湾的时候，解放军福州指挥所的数部作战电话便此起彼伏地响了起来，各部门工作在有条不紊中进行。

指挥和参谋人员对敌人的真实意图进行着各种研究和判断。加强备战、以防不测的指示电文也同时传到了东山岛的前沿阵地。

叶飞对敌人的诡秘行动作出了如下分析：

敌人一个加强师的兵力，要攻厦门吧，料他不敢；进犯平潭岛嘛，距离太远；从现在到拂晓登陆，时间也太紧；重犯南日岛呢，没有这个必要。

所以，敌人最大可能是袭击东山岛。

虽然在此前游梅耀等人已经开会决定在敌人大兵压境的情况下不撤退并固守待援，而且游梅耀也信心百倍，但叶飞觉得还是不打为好，因为通过侦察，敌人足有1万人，而我守岛部队兵力少之又少，加上与援军距离过远，无法及时增援，到时候可能会进退两难。

于是，叶飞对身边参谋说："马上电告'东山游'，敌人大概是冲着东山岛来的，可以视情况做机动性防御，避免无谓对抗，以后可再寻找反攻的机会。"

参谋人员把叶飞的指示拟成电文，从福州指挥所发到了东山岛。

电文如下：

> 由于此次进犯之敌过于强大，守岛部队可实施第二方案，做机动防御，于敌人来到以前撤出东山岛，然后组织力量再行反击。

16日4时50分，解放军东山岛驻军公安八十团团长游梅耀，正根据叶飞的命令实施"机动防御"，忽然侦察员报告说，敌人已经在岛北八尺门渡口附近空降。

游梅耀团长马上命令该地的水兵一连，坚决守住渡口，另一方面又派兵增援前方。

话音刚落，侦察员又报：敌人在岛南登陆，估计敌人上万。

敌情瞬间多变。

游梅耀很清楚，岛上我军现在的处境很危险，因为敌人这次动用的伞兵是前所未有的，而且敌人伞兵现在已经封锁了八尺门渡口，按原计划撤离东山岛已不可能，岛上人员只有固守待援了。

在这种情况下，游梅耀命令位于八尺门渡口对面的陈岱的团后勤派兵渡海南来，支援水兵连打敌伞兵。这一招起了重要的作用。

后来，上级同意游团长固守待援，并命令就近的二七二团驰援东山，又命令泉州附近的八十二师等部火速增援。

一场激烈的战斗就这样开始了。

守岛部队顽强抗击敌军

游梅耀下定固守待援的决心以后，严阵以待的守岛战士决心给敌人以迎头痛击。顷刻间，枪炮声、喊杀声震天动地地响起，打破了海岛凌晨的寂静。

游梅耀的布阵起到了明显效果，放在滩头一线的尖子小分队阻挡了国民党军的行动，使敌人延至 8 时左右才陆续抵达前沿。

胡琏没想到解放军早有准备，遂下令海、空力量全部加入战斗。一时间，飞机滥炸，舰炮狂轰。

我守岛部队面对敌人优势兵力的突然偷袭，采取机动防御的战法，节节抗击，有效地打击了敌人。然后，机动灵活地撤出滩头阵地，在等待后援的同时，寻找战机给敌人以坚决反击。

公安部队第八十团的滩头阻击分队，在给海上登陆之敌以有力打击之后，按预定方案主动撤往岛北部的核心阵地。

东山岛因地处军事要冲，战局规模虽小，却牵动着军委首长的心。

中央军委命令当时中南军区所辖的第四十一军第一二二师立即做好战斗准备，并迅速增援。

同时命令，第三十一军首长统一指挥上述所有兵力，

东山岛反击战

不惜一切代价，坚决守住东山岛。

东山岛有个 200 高地，这并不是全岛最高的阵地，只是一个光秃秃的山丘，但是它凸出在全岛的中部，前面是一片开阔地，直抵海滩，守住了它，敌主力就无法上岛。

因此，我英勇的守岛战士拼死激战，誓死坚守阵地。

坚守在 200 高地的，是公安部队第八十团某部二连的战士们。

战斗打响后，刚登陆的敌人曾经攻了一阵就后退了。二连判断，敌人可能是想引诱解放军出击，诱我军暴露于战壕之外，然后以舰炮火力和空中火力杀伤我有生力量。

我机智的主战连队哪会上敌人的当，便继续坚守阵地。在僵持了一段时间后，敌人见诡计没能得逞，便开始发起更疯狂的强攻。

敌人为拿下 200 高地，组织了一个突击大队，在飞机、舰炮火力的支援下，以水陆坦克打先锋，步兵紧随其后，向 200 高地发起了连续的疯狂猛攻。

那一刻，200 高地狼烟滚滚，炮火连天，纷飞的弹片和子弹在高地上空呼啸肆虐。

顽强的二连战士们面对近 10 倍于己的敌人，毫不畏惧，把一颗颗愤怒的子弹，射向山下的敌人，直打得敌人哭天喊地，尸横遍野。

战斗打得异常激烈，我英勇的二连也有较大伤亡。

为了加强200高地的防守和击敌能力，公安部队第八十团指挥部决定，将新组建的迫击炮连调上去。

　　这是迫击炮连自组建以来第一次参加战斗，炮手们几乎是在连长和教导员的亲自指导下一边学一边实战。

　　迫击炮连在战斗中，发现在阵地右侧无名高地上，有20多人聚在一起研究着什么。经观察判断，认为那是敌人的一个指挥所。

　　迫击炮抓住战机一个齐射，愤怒的炮弹便在那群敌人中间开了花。

　　敌人被一次次炮击之后，慌忙调来自己的炮兵，实施报复。几百发炮弹在我炮连阵地周围爆炸，但并没有将阵地摧毁。

　　我迫击炮连趁敌喘息之机，沉着应战，准确射击。

　　很快，敌人的大炮就成了"哑巴"。

　　接着，敌人又派出一个连的兵力向炮连阵地偷袭，在距炮连阵地30米时被我军发现。

　　炮连官兵临危不乱，一边阻击敌人一边转移阵地。弹药手、射手端起冲锋枪，拿起手榴弹，一通猛打，硬是把敌人打退了。

　　迫击炮连又成功地占领了新的阵地，迅速地做好了战斗准备。

　　一发发炮弹又从我炮兵阵地准确地飞向敌军。

　　公安部队第八十团全团指战员奋勇杀敌，顽强抗击10倍于己的敌人的进攻达14个小时之久，彻底粉碎了敌

东山岛反击战

人妄图在 4 ~ 8 小时内消灭公安部队第八十团的企图，为解放军后续部队渡海增援和歼敌创造了有利条件。

事实上，敌军偷袭东山岛时，解放军事先并没有准备，所以面对敌人的突袭等待救援才是最关键的。

就在 200 高地激战正酣之际，我各路援军也在快速赶往战场。

在各路援军中，解放军海军也同时出动了，运送登陆部队和进行海上作战。

解放军海军参战，这是敌人事先万万没有预料到的。

根据当时参加过东山岛战役的人后来的回忆，可以大致整理出海军当时反攻的情况：

在东山岛战役的开始当天，福建和广东两省的解放军就开始出动，同时增援东山岛。在战役的第三天夜里，已经有小股解放军先头部队在岛上登陆。但不是成建制的登陆进攻，可能是一些侦察部队。

首先发起登陆进攻的是夜里登陆的海军士兵。海军士兵穿着雪白的海军服，向山上敌人发起进攻。由于山顶上尚有少数解放军战士在继续抵抗，因此使敌人处于两面受敌的境地。

叶飞实施增援作战预案

守岛部队在滩头和敌人激战的时候，叶飞密切关注着战况。游梅耀决定坚守东山岛后，叶飞马上按预定作战方案给予支援。

叶飞命令三十一军只留一个师守备厦门，与二十八军八十二师，分别由泉州、漳州南下，由沿线地方客货车辆运送增援东山，统一归三十一军军长周志坚指挥，并通知驻广东黄岗（即今饶平）的友军急速东援。

增援十万火急，各增援部队动作迅速，沿线地方车辆也配合默契。

驻漳浦以南旧镇的三十一军二七二团行动最快。

16日晨5时50分接令后，先头部队部分军车马上出发，其余指战员则快速跑向公路，向开来的客车、卡车招手叫停。

车上的驾驶员及乘客们一听上前线，根本不需动员，就自动下车，货车则就地卸货于路旁，表现了崇高的无私精神。

后来，一个老卡车司机回忆了当时的情况：

> 那时候，在广东长途公路上跑的汽车很少，很久才能见到一辆车在公路上跑。跑一天长途，

东山岛反击战

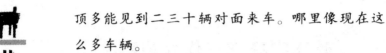

顶多能见到二三十辆对面来车。哪里像现在这么多车辆。

当时我开的是重车（即货车满载），给物资局拉货。半路上，看到很多解放军在公路上跑步前进，开始还以为是军队演习呢，有很多，很多军队。

开了没多远，我的车被解放军拦住，说打仗了，要用我的车。

他们把车上的货给卸到路边，拉上部队就向前开。开出几十公里，把那些车上的人放下，回头再拉其他的。

那时候吃不饱，部队对我很客气，给了我不少好吃的，我差点就要给解放军磕头了！我那时候后生（年轻），精神足，死命（玩命）地来回运送解放军。

当时有许多地方的车辆都被解放军临时征用，公路上向某港口方向开的车里，几乎都是解放军。我给物资局拉的货，被当地公社组织农民给搬到村子里。有民兵看守，一点都没有少。

从那次以后，我才真正明白了什么叫做军情十万火急。

16日6时，解放军不同型号、颜色各异的轿车，公汽，卡车，都加入到草绿色军车的行列，载着解放军向东山方向进发。

大家对战斗的胜利充满信心，于是行驶的速度更快了。

一个解放军军官后来回忆了当时的情况：

　　一接到紧急出动的命令，我们部队立刻补足了弹药和下发了手榴弹。要真打仗了。我们沿着公路跑步向上级指定的集结地前进。

　　我们离目的地太远了！真的要是跑到那里，恐怕只能剩下百分之二十的人。一路上，我们也不管那些跑不动的，部队继续前进。

　　每辆车能挤进40多人。这样我们就不用拼命地跑了。整个部队前进的速度反而更快了。可惜，我们部队驻地离前线实在太远了，没有赶上渡海作战。

东山岛反击战

叶飞命令坚守阵地

16日7时，守岛部队在200高地激战的时候，游梅耀打电话向叶飞报告：

　　敌人经过庙山向西埔和200高地进攻，已被挡在了石坛。

叶飞向游梅耀下令：

　　敌人的目的是冲过200高地，再向425高地进攻，占领425高地后，与降落在八尺门的伞兵会师，企图占领全岛。

　　你命令三连守住200高地，二连守住425高地，一定要拖延敌人会师的时间。无论如何，要坚持到上午10时，10时以后，我们的援军就会赶到。

游梅耀回答说："坚决服从叶司令指示！"

就整个东山战况来说，叶飞最关注的莫过于这个八尺门了。

这个地段对敌我双方都很重要，如果丢失，将对解放军非常不利。

叶飞关切地向游梅耀询问了八尺门的形势，并作了重要指示：

八尺门是东山的命根子，你无论如何也要叫水兵连牢牢控制在手中！

对于叶飞司令的指示，游梅耀牢记在心。

正在这个时候，敌人正在向八尺门进攻。

早在4时45分，向核心阵地撤退的解放军水兵一连官兵大部已上船，可就在这时，敌人伞兵突然在八尺门空降并展开攻击。

当时，八尺门岸上只有一连长和6名水兵，情况十分危急。

敌军从新竹机场起飞的10多架运输机飞到东山岛上空，准备丢下一批批伞兵，敌人气焰嚣张地企图快速拿下东山岛。

敌军在美军的"约克城"号（CV－10）和"大黄蜂"号（CV－12）航空母舰上起飞的战斗机与轰炸机也飞临东山岛。

此刻，坐在美式吉普车上妄图攻占东山岛的胡琏，正懒洋洋地听着电台里播放的台湾新闻，台湾全岛媒体都关注着，吹嘘这是"反攻大陆的前奏"。

可令胡琏没有想到的是，解放军守岛部队依托堑壕和土坑道顽强战斗，打退了国民党军数十次的进攻，解放军的战斗力简直令他无法想象。

水兵连激战八尺门

解放军防守八尺门渡口的水兵一连，一面阻击敌人疯狂进攻，一面又奉命组织船只载渡需要撤离的政府工作人员和群众。

当把最后一批群众送上船以后，突然发现有 17 架敌机飞临渡口上空。

这个时候，大家都在忙着组织政府人员和群众渡海转移。

起初，大家以为敌机要轰炸码头，切断解放军部队的退路，并阻挡解放军援军的到来，于是战士们都急忙进行隐蔽和伪装。

但出乎意料的是，从敌机后面飞出了一串串的白点，在空中飘飘荡荡的，霎时就变成一具具降落伞，参差错落地向地面飘落。

降落伞带下的国民党军士兵，落地收拢降落伞后，就拿出武器装备，一个个凶神恶煞的样子，正准备集合队形。

水兵连长一下子明白过来：原来，这是敌人企图用空降兵夺占八尺门渡口，妄图切断我守岛部队与大陆的运输线！

国民党军使用伞兵，以八尺门为空降点，这是大家

东山岛反击战

047

始料未及的，这也是敌人首次在战争中使用伞兵，可谓是孤注一掷，使出最后的本领了。

八尺门是东山通往内陆的咽喉，这里本是渡口，公元669年唐总章年间，陈元光率兵开拓闽南，使东山岛日益兴盛。人们为感谢开漳圣王功德，将渡口称为"陈平渡"。公元1664年康熙三年，清政府为断绝东山岛人民与抗清将领郑成功的联系，在渡口筑8尺高的界墙炮台，驻兵把守，陈平渡遂改名"八尺门"。

从敌人采取伞兵占领八尺门，与北上步兵会师进而占领全岛的阴谋计划，便可看出八尺门的战略地位非常重要。

我军部队要增援东山岛，非经八尺门不可。如果敌人的伞兵控制了八尺门，就等于关闭了东山岛最重要的大门，解放军援军即使及时赶到，短时间内也只能隔着海岸顿足苦叹，岛上守军也便无路可走了，那样就很危险了。

若是等以后再赶走敌人，那就等于再解放一次东山岛，如此将浪费时间和精力。

因此，游梅耀下令，水兵连无论如何不能丢掉这扇大门。

在这个时候，一连长一边命令岸上水兵返回仓库拿机枪，一边向游梅耀团长报告这边的情况，并派人把上船的解放军战士都叫下来投入战斗。

几分钟之后，一连的7个水兵战士手握着4挺机枪一起对空开火。

在机枪的打击下，敌机队形被打乱，跳伞高度也从200米上升到1000米，降落次序乱作一团，有的甚至还掉到了海里。

6时，后林村的民兵也加入战斗，他们一起依托300多年前民族英雄戚继光抗击倭寇时构筑的古寨断垣，寸土必争，与敌伞兵展开血战。

同时，其他已经登船准备转移的我军官兵迅速离船加入战斗，保护八尺门渡口。

在解放军战士的顽强打击下，终于守住了后林，为增援部队登陆奠定了基础，同时也有效地打击了敌人的伞兵。

值得一提的是，敌人空降兵在山上集结之时，解放军迫击炮连发现了敌人的企图。迫击炮连随即向敌射击，一炮将敌指挥旗打掉，顿时打乱了敌人的指挥，极大地鼓舞了部队士气。

敌空降兵着陆后，一部抢占渡口，另一部从侧后向解放军核心阵地发起冲击，直接威胁到解放军核心阵地和团指挥所的安全。

团首长果断决定投入预备队，向敌空降兵发起反冲锋，协同水兵连和当地民兵向其侧背攻击，稳定后林地区的局势。

在胡琏部队刚刚登陆的时候，伴随着一阵军号响起，解放军枪声四起，让冲在前面的敌人吃了不少子弹。国

东山岛反击战

民党军队好不容易才向前推进了几步，不料又被解放军的勇士们赶到了海滩上。

敌我双方就这样反复进行激烈的战斗。

看着身后的汪洋大海，美国顾问有些忧虑，照这样下去，如果解放军的援军来了，到时候进攻就更加困难。

美国顾问要求胡琏的部队，必须做到如下几点：

> 集中兵力继续向前推进，夺取重要据点，同时利用东山岛四周是海的特点，避实就虚，改变目标，硬攻强占。

然而，此后的战况让美国顾问大为不解：

他拿着望远镜，立在舰桥上遥望战场仔细观察。在望远镜里他看到，国民党军虽然在强攻下又登陆了，但伤亡惨重，根本就无法向纵深发展。

美国顾问对舰长大声地说道："怎么搞的？这样打法，还谈什么'反攻大陆'？你们的战斗力拿什么和解放军比！"

那位舰长抬头看了看，有些埋怨地回答说："不过据我所看到的，如果说今天这一仗他们打得不卖力，那真是不公平的。"

美国顾问没好气地说："我不管什么公平不公平，我们的工作是要你们登陆成功！别给我找那么多的理由。"

美国顾问停了停继续骂道："你看看，这么小的一个岛，天不亮就登陆，忙活了大半天却没有任何进展，你们国民党的军队真像一群废物啊！"

那舰长又急又气，反驳道："但是你再仔细看看，仰攻，侧攻，空中扫射，实在打得很惨。我们这一次只许成功不许失败，不能鲁莽行事啊！"

美国顾问叹了口气说道："我就是怀疑，你们的战斗意志不行啊！"

敌军舰长满有把握地说："这次实在不能怪我们了，人都是百里挑一选出来的，个个都是好样的，武器配备都是你们提供的，此外还有伞兵和舰艇，今天如果不能得手，那真是不可思议，你要对这次战役充满信心。"

敌军舰长继续对美国顾问说："我想你不必太担心，好戏肯定还在后头呢，到时候就可以看见山顶飘扬起青天白日旗帜，到那时我们就成功拿下该岛了。"

美国顾问正要说话，突然响起了一声巨响，一艘小型登陆艇已遭击中，爆炸起火。顿时烟火弥漫了整个海面，并激起一层海浪。

美国顾问大叫道："怎么爆炸了！怎么搞的！怎么搞的！"

在炮弹的打击下，那舰长也吓傻了，正要说什么，空中又传来了爆炸声。

原来是一架国民党战斗机被解放军炮火击中，巨响之后，机尾冒着长长的浓烟，之后，向山上垂直坠落下去……敌舰上众人是目瞪口呆。

美国顾问急忙说道:"这不行,得赶快想办法,把第二线开上去!"

舰长当即传达命令,敌人第二线兵力接着涉水上岸,匍匐行进。但没有几步,又被猛烈的火力压了回来。

美国顾问实在想不到,解放军的抵抗力这么强!

到8时左右,公安八十团后勤派来的一个排在八尺门渡口登陆,与水兵连一起作战,控制了八尺门渡口,使敌人的进攻寸步难行。

军民联合作战打击敌军

人民解放军之所以能抵御国民党如此强大的军队，是离不开人民群众支持的。在战役打响的时候，以谷文昌为首的东山县委和当地群众，给守岛解放军官兵以极大的支援。

为了把敌人赶出东山岛，东山县公安中队和全岛群众也纷纷投入到保卫家乡、抗敌支前的战斗中。

东山民兵在战斗中发挥了很大作用，他们拿枪的拿枪，拿刀的拿刀，勇敢参战。

有个乡的民兵战斗到只剩下 1 人，仍然坚持战斗，竟俘敌 5 人。

谷文昌亲率干部群众为部队送子弹、送水、送饭，把负伤的战士抬下火线，虽是大战当前，但阵脚不乱，甚至比国民党的正规军还厉害呢！

在这次战斗中，东山县民众的支前活动为战斗胜利起到了重要的保障作用。

正是人民群众的热情支援，才使战役一步步地走向了胜利。

战斗一开始，县领导就来到公安部队指挥部，要求支援部队战斗。

县领导对部队表示：

东山岛反击战

部队的后勤工作我们包了，抢救伤员、烧水做饭、修筑工事，以及组织民兵作战，我们都作了明确分工，都有专人负责。

在这次战斗中，共有1826名船工为支援部队摆渡，有1958副担架在阵地上抢运伤员。

东山县民众的支前工作经受住了考验。

东山县人民群众为保卫东山岛作出了重大牺牲和巨大贡献，充分体现了人民战争的强大威力，因此，走群众路线的确是解放军能够取得胜利的法宝。

可以说，没有东山岛群众的全力支援和有力保障，就没有东山岛保卫战的彻底胜利。

随着战斗的继续，解放军增援部队也快速开到了东山岛并迅速投入战斗。

解放军战士的斗志越来越足，随着支援部队的到来，更加鼓舞了每一个战士的战斗热情，大家都奋勇杀敌，决心把敌人赶出东山岛。

公安中队掩护群众转移

战斗打响后，虽然解放军动员群众大力支援，但让普通群众安全转移才是重点。为此，县公安中队一个重要任务就是掩护县委、县政府机关干部和岛上群众转移，保证人民群众的生命和财产安全。

县公安中队是刚刚组建的一支部队，中队长和指导员都不在，全中队临时由副中队长王秉诚指挥，与守岛部队一起，英勇地与敌人作战。

命令下达后，县公安中队下属的三个分队迅速抢占有利地形，分别在三支尖、帝祖庙和龙潭山阻击敌人，防止敌人伤及无辜群众。

龙潭山地处城关东南，是该中队第二分队的防区。战士们冒着敌机的扫射和轰炸急速进入阵地，对敌地面部队发起的疯狂进攻进行猛烈反击。

当敌人进至距离阵地大约 50 米时，第二分队的轻重武器一起开火，把冲在前面的敌人一个个打倒，后面的敌人见状，掉头就跑。

片刻，敌人对第二分队阵地发动了第二次猛烈的进攻，并且是从三个方向步步推进。当敌人进至半山坡时，第二分队集中火力，又是一阵猛烈的射击。

敌人死伤惨重，再一次溃败下去。

东山岛反击战

见到自己的部队不敢向前冲，反而拼了命似的往后面跑，气急败坏的敌督战队，举起手枪向溃退下来的士兵连续开枪，逼得败退的敌人硬着头皮向县公安中队阵地冲去，但气焰早就没有前两次那么嚣张了。

我守岛战士英勇顽强，不怕牺牲，与敌人的胆怯形成了鲜明对比。

第二分队新战士林石在消灭 10 多个敌人后中弹牺牲。老战士洪益明怒火中烧，抱起捆在一起的 6 颗手榴弹跃入敌群，与敌人同归于尽。

为了保卫东山岛，这些英勇的解放军战士甘愿献出自己宝贵的生命。

战友的牺牲，让战士们的杀敌斗志更强烈了，为战友报仇的喊声响彻阵地。

第二分队的将士们一次又一次打退了敌人的进攻，一直坚持到县机关和群众转移完毕和阻击任务完成后，才在上级命令下撤出了战斗。

三、 挫败登岛敌军进攻

● 子弹、手榴弹打光了，就用刺刀、枪托、石头和卸去保险的六〇迫击炮弹，同突入阵地的敌人展开肉搏战，以血肉之躯筑成坚不可摧的长城。

● 郑克诚马上下令抢渡。先头排迎着敌人的弹雨向前挺进，终于成功地登上了东山岛。

● 敌人坦克猛攻，大炮轰炸，飞机掠空，我英勇的解放军将士顽强拼杀，打退了敌人一次又一次进攻。

守岛部队顽强抗击敌军

东山岛战斗异常激烈，我守岛解放军在敌众我寡的情况下顽强奋战，英勇杀敌。

随着战事的持续，战况对解放军越来越不利。

游梅耀指挥部队在大量杀伤国民党军后，集中主力守卫在公云山、王爹山和牛犊山三个核心阵地，同进逼阵地前沿的敌军展开殊死战斗。

这三处阵地位于东山岛西北部，成掎角之势，对全岛安危起决定性的作用。

游梅耀遵照叶飞指示，把兵力收缩集中到这里，是抱着人在阵地在的决心进行坚守，直至增援部队进岛。

敌人指挥官胡琏见快速消灭守岛解放军的目的没有达到，便对这些阵地进行疯狂的进攻。

坚守高地的守岛部队克服弹药缺乏和吃不上饭、喝不上水的困难，依托堑壕和土坑道顽强战斗，打退了敌军数次进攻，而且越战越勇。

子弹、手榴弹打光了，就用刺刀、枪托、石头和卸去保险的六〇迫击炮弹，同突入阵地的敌人展开肉搏战，以血肉之躯筑成坚不可摧的长城。

守岛部队有个总机电话班，当敌人占领他们所在的村子时，战士们没有惊慌逃跑，而是隐藏起来，继续坚持工作。战士们都下定决心，不能中断和上级的联系。

在这个过程中，敌人把电线杆都给推倒了，但愚蠢的敌人居然没有剪掉电线。其实，敌人只要几剪刀下去，就会给解放军的统一部署和指挥带来极大的困难和麻烦，可愚蠢的敌人并没有想到这些。在为期两天的战斗中，游梅耀与福州大本营的联络始终没有中断，从而保证了叶飞对战况的了解和对部队的指挥，这也多亏了敌人手下"留情"。

在敌我双方激烈战斗的时候，远在台湾的蒋介石还在那里坐等"胜利"的消息呢！就在敌人两股部队出动以后，国民党设在上林的电讯就忙个不停，屋子里坐满了收发电报的工作人员，乱糟糟的一片。

这时，蒋介石从台湾发来消息，询问战况。

蒋介石在 16 日上午醒来的时候问部下："登上东山岛没有？"

站在他旁边的人说道："刚才来电报，说已经和共军交火了，他们都准备好了，共军人数不多，定能攻下的！"

蒋介石再也没有睡意了，在床上坐了一会儿，就起床在厅中等待。

国民党在东南沿海的多次失败，让他在每次战斗时都提心吊胆。

蒋介石来到客厅后，美国顾问蔡斯、儿子蒋经国等人早已等在那里了。几个人在那里有的吸烟，有的沉默，还有人一个劲儿地喝咖啡，看来他们都很忧虑。

忐忑不安的蒋介石和大家寒暄后，就查看来自前方的电文。

他所听到的前方汇报都是这样一些消息：

战况激烈，伞兵也已投入战场，收获极大。

这一次把他们杀了个措手不及，我们一上去就占便宜。

这些消息听起来似乎都是有利的好消息，可是如今天已经亮了，还接不到占领东山岛的消息。

蒋介石站起身来，急躁地来回走动着。

见父亲不高兴，蒋经国安慰道："一定是因为我们侦察机去了几次，引起他们注意，共军临时增加了兵力，因此延长了我们攻占的时间，父亲不必太担心。"

东山岛久攻不下，蒋介石的紧张心情难以平静，他在房间走来走去，觉得自己花这么大的力气却不能立即见效，实在颜面无光！

前线指挥部来的报告，都是有胜利的消息，可是军队已经出发这么久了，还听不到占领东山岛的消息，也不知道胡琏是怎么指挥的！

蒋介石默默地看着眼前的一幅作战地图，心里在想，东山岛就那么一个小小的地方，出动 1 万多人，并且是海陆空三军"立体攻击"，竟然毫无办法，难道他真的不是共产党的对手吗？

据电报说，派出去的飞机已经毁了两架，小型登陆艇也已经沉了三艘，伤亡数字虽未报来，但估计不会太少。如果真的大败而归，那今后该怎么继续执行"反攻大陆"的计划呢？

美国顾问蔡斯忽然叹道："瞧这样子，那些伞兵都完了！"

这时，站在一旁的国民党陆军总司令孙立人说道："不至于吧？"

蔡斯看了孙立人一眼，说："如果伞兵还在作战，怎会到此刻还没登上山头？伞兵当然降落山头，不可能降落海里的。"

接下来大家都沉默下来了，整个客厅里，只有蔡斯嘴里那叽里呱啦的洋文。他又在吹嘘第二次世界大战时美国兵的登陆与作战，统帅如何了不得等。

蔡斯还说美国将领如何机智，部队如何勇敢，战斗得如何坚强，所有的话都表明蒋介石的部队是如何的愚蠢，如何的无能，如何的胆小，以及美国最新配备放在国民党部队的身上是如何的可惜与浪费，真可谓是牢骚满腹，抱怨连天。

蔡斯的话令大家特别扫兴，一个个像泄了气的皮球一样。

蒋经国按照父亲的旨意，悄悄地给东山前线发了个急电。

挫败登岛敌军进攻

电报如下：

> 限即刻到，×密
>
> 东山岛之战关系国际视听，务盼协力以赴，于黎明前予以攻占。
>
> 中正
>
> 7月16日

敌人指挥官胡琏接到电报后，真是有苦难言，不知如何回复台湾方面的质询。

自出发以来到现在，虽然已经登陆，但却无法占领该岛。

解放军的战斗力实在让他这个国民党陆军副总司令、"总统府"战略顾问、一级陆军上将感到无奈啊！

增援部队渡海投入战斗

战斗依然在激烈进行。

"东山游"游梅耀指挥的解放军部队在民兵的积极配合下，毫无畏惧地进行反登陆、反空降的作战。

虽然国民党部队人数众多，但战斗力明显不如解放军，敌人发起一次又一次的进攻都被击溃，始终无法占领主要阵地。解放军战士是越战越勇。

守岛部队面对敌人的轮番轰炸和进攻，斗志昂扬，奋勇激战，而且，他们知道援军马上就要来了，胜利是必定的，有信心就有希望。

在战斗中，从连长到普通民兵，都抱着死守的信念，他们依托有利的地形，采取灵活机动的战术，顽强抵抗，让敌人是胆战心惊，寸步难行。

胡琏和他的美国顾问满以为大兵压境就可以吓退解放军，而且使用空降兵就可以让自己的部队随意分散到岛屿的各个地方。

然而，在我解放军部队顽强的战斗力面前，敌人的阴谋总是没能得逞。

守岛部队的顽强奋战，消磨了敌人进攻的时间，有效地拖住了敌人，为增援部队争取了时间。

16日9时，驻漳浦旧镇的二七二团在团长郑克诚率

挫败登岛敌军进攻

领下，以十万火急的强行军速度，赶到了东山岛的对岸，实施支援。

这个时候，东山岛滩头的解放军正在边打边向渡口后撤，依靠战场上残留的码头和围墙作屏障，继续阻击敌人的进攻。

郑克诚团长率二七二团到来后，见阵地上到处都是敌人，便马上下令抢渡。

二七二团某先头排迎着敌人的弹雨就往前冲。战士们个个奋勇当先，终于成功地登陆东山岛，与我守岛部队胜利会合。

随着援军大部队陆续上岸作战，解放军迅速向东山岛上的国民党军队发起猛烈的反击，和敌人展开了激烈的战斗。

本来就已经火光闪闪的战场上，一时间更是炮火连连，杀声震天。

敌人见解放军来了大批援军，本来就军心不振，现在更是如临大敌，有的虽然向前做攻击状，但心里害怕，两腿打战，每前进一步都在左顾右盼，生怕丢了性命。

当敌人侦察机报告解放军东西两路车队向东山增援的消息时，敌人指挥官胡琏简直不敢相信自己的耳朵，他吃惊地问身边的人："不可能吧？我不相信这是真的！九龙江大桥不是已经炸毁了吗？我算叶飞的增援最快也得48小时，怎么会这么快？"

他哪里知道，解放军护桥部队用两个小时就修起了一座便桥。

国民党太低估解放军工兵的实力了！

在东山岛战斗中，我守岛部队在岛上群众和民兵的配合下，按照作战预案，灵活机动，步步阻击并在运动中消灭敌人，从而大大迟滞了敌军。

在这期间，发生了很多感人的故事。据后来有的战士回忆：

> 当敌人蜂拥而至时，战士杨学倍勇敢地冲出坑道与敌展开肉搏战，直至牺牲；黄飞龙毅然拉响手榴弹扑向敌群，与敌同归于尽；此外还出现了黄继光式的战斗英雄张学栋，战后被追认为华东军区战斗英雄……

这些可歌可泣的英雄事迹，将永远鼓舞着人们为祖国的利益而献身，他们的名字，将永远留在人民的心中。

挫败登岛敌军进攻

战斗英雄黄飞龙

前面我们说了在抗击敌人时拉响手榴弹扑向敌群与敌同归于尽的黄飞龙，现在，就让我们看看这位英雄的壮举吧。

16日早晨，薄薄的雾气还没有散尽，从海面上传来马达声。

突然，一颗明亮的信号弹透过薄雾，划过天际，射向了高空。

原来，敌人的坦克攻上来了，敌机在天空掠过，敌人的大炮在东山岛疯狂地轰炸，在陆地上形成了一个又一个土坑。

"同志们，沉着地打，争取为人民立功！"这是守岛部队六连狙击排"马克沁"重机枪班副班长、第一射击手黄飞龙在动员战友们。此刻他怒视着敌人，目光如两把锋利的尖刀。

黄飞龙又名黄德春，福建省平和县长乐乡福塘村人，家境贫寒，出生20天就过继给舅父了。少时因家庭贫困无法上学读书。11岁时，舅父遭甲长诬陷，坐牢两年，后来被摧残致死。

1949年9月，家乡解放后，黄飞龙参加民兵，积极协助政府征收公粮，参加剿匪反霸斗争。在工作中，他吃苦耐劳，勤学苦练，终于成为骨干。

1951 年 3 月，黄飞龙参加中国人民解放军。入伍后，他苦练杀敌本领，先后荣立两次三等功。6 月加入中国共产主义青年团。1952 年，随军驻守东山岛。

当他得知敌人要进犯的消息时，胸中便燃起仇恨的怒火，他自言自语地说："杀敌立功的机会到了!"

在眼下，就在黄飞龙和战士们严阵以待的时刻，大约有一个排的敌兵爬上来了。

机枪标尺显示敌人的距离，1500 米，1300 米，1200 米，敌人已经进入火力网了。

黄飞龙马上下达射击命令："打，狠狠地打!"

"马克沁"重机枪吐出愤怒的火焰。

敌人的哭声、喊声、叫声响成一片。

敌人指挥官见状气得摇头顿足，又拼凑更猛烈的火力，向黄飞龙所在的阵地发起新一轮进攻，所有厉害的武器都用上了。丧心病狂的敌人以一个连的兵力，继续向解放军的阵地突进。

在敌人临近解放军阵地的时候，黄飞龙命令战士们让重机枪一齐开火。

愤怒的弹火从枪口喷出，就这样，敌人的进攻又被战士们打退了。

战斗激烈地进行着，重机枪射出的一颗颗子弹形成了密集的火力网。

这时，黄飞龙突然发现机枪的防火帽快要掉了，防

火帽如果掉下来，枪口喷出的火苗就会增大，会很容易被敌人发现机枪阵地的位置。而机枪的位置一旦暴露，处境就会很危险。再看看机枪，此刻已经打得热度越来越高，枪管越来越红了。

黄飞龙毫不犹豫地伸出右手握住防火帽。他的皮肤马上就被炙热的防火帽烫伤了，一股烧焦的味道向四周弥漫开来。

钻心的剧烈烧痛传遍了黄飞龙的全身，使他抖了一下，而他却咬紧牙关，拧紧防火帽。他的右手被烫了很多大疱。

在黄飞龙等人的阻击下，敌人见不能从西南方向攻下重机枪阵地，便从东北方向开始活动，企图从解放军阵地后面来压制黄飞龙的部队。

黄飞龙马上指挥战士们转移射击方向，架好重机枪。然而，就在瞄准的时候才发现，前面有一片茂密的荆棘挡住了他们的视线。

在敌人炮火的不断轰击下，黄飞龙率先跳出掩体扑向荆棘丛。他忘了刚才的烫伤、荆棘的刺痛和鲜血的流淌，用受伤的双手排除了一道道障碍物。

黄飞龙的重机枪组再次喷出火舌，向敌人连续扫射。在激烈的战斗中，重机枪组配合阻击排，连续打垮了敌人5次进攻。

黄飞龙和阻击排拖住敌人4个小时，给其他部队歼灭敌人创造了有利的战机，胜利地完成了阻击任务，激励了大家战胜敌人的信心。

在这个时候，通信员传来要转移阵地的命令。

根据作战部署，阻击排眼下最重要的任务是抢在敌人前面，占据一个布满黑色石头的山冈。

接到命令后，黄飞龙马上组织全组战士迅速转移。在转移途中，正射手腿部中弹，黄飞龙一个人扛着机枪筒，继续向目标奔进。

当战士们到达一个小山头，正要重新架起重机枪射击敌人的时候，一颗炮弹打来，副射手又负伤了，失去了射击的能力。黄飞龙马上吩咐副射手撤到安全地方去。

此刻，黄飞龙的伤口也在冒血，脸上也被流弹划出了大口子，血直往下流，衣服上印红了一大片。

黄飞龙眼看着自己亲爱的战友被丧心病狂的敌人打伤，所有的仇恨都涌上心头。他回过头往下看时，敌人正在往上爬。

黄飞龙不顾自己伤口的疼痛，抓住机枪向敌人一阵猛烈扫射，打得敌人趴在地上。

当敌人见黄飞龙就一个人在射击时，就壮了壮胆子继续前进。

黄飞龙端着机枪打着打着，机枪的子弹用完了。

敌人见状就冲了上来。

黄飞龙迅速摸出一颗手榴弹，拉开导火线，奔出了战壕，扑向敌人。在他的心里只有一个念头，那就是要更多地消灭敌人。

突然，一颗子弹射进他的胸膛，血流如注。他昏倒在血泊里。

当战友们发现赶来时，只见他右手指还按着机枪的扳机。

看到战友来救自己，黄飞龙吃力地睁开眼睛，并执意要留下，让其他战士转移。就这样，他一个人留在了那个山冈上。

敌人渐渐逼近，发现只有黄飞龙一人，就想抓活的。

黄飞龙咬紧牙关，又摸出最后两颗手榴弹，用尽全身力气向敌群扔出一颗。

等敌人团团围住他时，他毅然拉开最后一颗手榴弹的导火线。随着一声巨响，他与敌人同归于尽。

这个时候，黄飞龙才刚刚25岁。

东山岛战役结束以后，福建军区政治部将黄飞龙烈士的事迹整理上报，经华东军区政治部批准，追认黄飞龙"福建军区战斗英雄"的荣誉称号。

公云山高地阻击战

16日5时，1000多名敌人向公云山高地拥来。激烈的公云山保卫战开始了。

公云山是此次战斗中的三个主阵地之一。在这场反登陆作战中，公云山这个阵地不能失守，否则后果将不堪设想。

二连的指战员们接到团长的命令：

> 坚守公云山高地，把敌人钉住在高地前面，等兄弟部队上来围歼！

这是光荣而艰巨的任务，回答团长的是连长郑德修，他的声音非常坚定有力，他说道："请首长放心！"

早在7月15日深夜，守卫东山岛的人民解放军某部第二连的连部里，正召开一次紧急会议。

经研究部署之后，连长郑德修用简短的命令结束了会议："……情况就是这样。准备战斗！"

16日凌晨，当东山岛上的村庄还在寂静的夜色里沉睡的时候，战士们就整装待发，迅速进入了公云山高地。

指挥员细致地检查了兵力的配备和火力的布置，战士们又一次抚摸着手中的武器，大家满怀胜利信心，决

挫败登岛敌军进攻

心痛击来犯的敌人。

从 16 日 9 时开始，国民党军队在炮火的掩护下，开始向公云山高地发起了连续不断的疯狂进攻，敌人如恶狼一般冲上来。

当敌人刚刚靠近公云山高地的时候，遇到了解放军战士密集的子弹和手榴弹，敌人纷纷倒地，剩下的敌人抱头鼠窜，连哭带叫地滚下山去。

敌人后来的几次冲锋也都被打垮了。

当时，二连六班的阵地在公云山高地西部左边的山腰间，那是战斗最激烈的一个地方，敌人对这里的进攻一直就没有停止过。

在敌人轮番轰炸下，副班长江顺珍身受重伤，战士王旺炎接过副班长的机枪继续扫射，把爬上来的敌人又打了下去。

枪管打得烫手，王旺炎就脱下鞋子垫着继续打。后来，王旺炎也被敌人的子弹打中了。这颗罪恶的子弹穿透了他的腰，鲜血流了大半个身子。

而此刻，王旺炎深深明白，现在六班的战士，一个人要对付十多个敌人，少一个人就少一份力量和信心。于是，他简单地包扎了伤口，继续坚持战斗。

勇敢的六班战士一次又一次地打退了敌人的进攻，让大批敌人命丧黄泉。

这时，阵地上突然传来一个令人振奋的消息。

兄弟部队打得真漂亮，敌人伞兵一下就给我们歼灭啦！

听到这个好消息后，战士们受到了极大的鼓舞，纷纷表示：

我们也一定要把敌人钉在这里，最后歼灭他们！

到 7 月 16 日黄昏的时候，公云山上的战斗进行得更加激烈，高地周围的交通壕被敌人占领和控制了，山地的周围一片狼烟滚滚，敌人趁机开始从山的正面和侧后爬上山来。

战士们知道坚持到最后才有胜利的希望，他们利用战事空隙不断地从战场上搜集子弹，有的把六〇迫击炮的炮弹保险针拔掉来代替手榴弹。

受伤的解放军战士继续坚持作战，文化教员、炊事员也一起抗击敌人，冲杀在前，而敌人在二连战士面前如吓破胆的老鼠一样，虽然一拨又一拨地进攻，但心里却非常害怕，总是被打退。

就在这个时候，公云山上的二连阵地来了援军，兄弟部队十二连火速赶到这里，团指挥所调来的火炮排也到达二连阵地。

援军的到来大大地鼓舞了二连战士们的信心，也大

挫败登岛敌军进攻

大增加了坚守公云山高地的力量，几支部队协同作战，共同阻击敌人。

敌人当天几次疯狂的进攻，都被勇敢的解放军战士打退了。

公云山高地，就像铜墙铁壁一样，使疯狂的敌人不能前进一步。

在公云山的战士们，克服了弹药缺乏和吃不上饭、喝不上水的困难，同三面围攻的 1000 多个国民党军奋战将近 30 个小时。在增援部队的支援下，击退国民党军多次进攻和偷袭，歼灭 400 余人，终于守住了阵地，为取得战斗的最后胜利作出了重大贡献。

战后，全连有 2 人立一等功，13 人立二等功，69 人立三等功。

1953 年 8 月 7 日，福建军区授予该连"东山战斗守备一等功臣连"的光荣称号。

陈毅时刻关注东山岛战况

1951 年 3 月中旬，陈毅率工作组赴闽视察，检查战备和海防工作。5 月，福建省海防工作委员会成立，叶飞兼主任。福建省委、省政府、省军区经常召开会议，研究和部署海防工作。

东山岛这次即将发生的战役，无时不在牵动着陈毅的心。作为久经沙场的元帅，陈毅非常清楚这次战役的重大意义。

当时，陈毅在上海不知道战斗的具体情况，十分着急。为了获得前线最新的作战情况，陈毅一直与叶飞保持着通话联络，并及时上报中央。

在前面我们知道，守岛部队电话总机所在的村子被敌人占领后，由于国民党部队手下"留情"，竟忘了切断解放军联络用的电话线。

东山岛依然和福建军区保持着密切的联系，使得叶飞能及时了解前方的战事，更便于指挥。

电话线的安然无恙保证了在激烈的战斗中，叶飞能与守岛的游梅耀团长通话，陈毅和叶飞的直接指示极大地鼓舞了战士们。

这个时候，在叶飞所在的指挥部里，电话铃又骤然响起。

挫败登岛敌军进攻

共和国的**历程** · 坚如磐石

电话是远在上海的陈毅打来的，他对东山岛的情况十分关切。

陈毅第一句话就说："叶飞啊，全国人民都在看着你们呐，无论如何要打赢这一仗！"

听着这浓重而亲切的四川口音，叶飞心头一热。他激动地对着话筒大声说："陈总请放心，我们一定打赢这一仗！不会辜负党和人民对我们的期待！"

战役开始之后的 16 日午后，东山岛除公云山、牛犊山、王爹山三个主峰和八尺门渡口共三四平方公里的重要地点仍为解放军控制，其余地方都被敌人占领了。

面对这一点"胜利成绩"，骄傲自满的胡琏以为马上就可以完成占领东山岛的计划，于是就迫不及待地向台湾报告，说自己已夺占了东山岛。

台湾方面以为真的如胡琏说的那样占领了东山岛，个个显得异常兴奋，马上开始庆祝，吹嘘"反攻大陆的序幕已经拉开"，"东山岛大捷"，"东山岛已取得决定性胜利"等等。

然而事实并非如此。

当时，坚守某高地的解放军战士，在敌人三面包围的情况下临危不惧，仅凭 7 个土木堡，200 多米长的堑壕和长不足 100 米的土坑道，就已打退了国民党军的多次冲锋。

坚守牛犊山主阵地的公安八十团五连、六连互相配合，当敌人一度夺取前沿部分表面阵地后，他们迅速组织力量反击，夺回阵地，尔后又打退敌人一个营的 5 次冲击，毙敌 200 余人。

进攻王爹山主阵地的国民党军，也始终未能突破核心阵地。

陈毅获悉敌人吹嘘胜利的消息后，马上给叶飞打电话询问真实的情况："敌人电台已经广播了，我最关心的还是八尺门，那边情况怎么样？"

叶飞回答："仗打得很激烈很艰巨，水兵连牺牲很大，但还在坚持，不过，增援部队快到了！"

陈毅的话字字砸坑："你命令最先增援的二七二团，哪怕拼得只剩一个人，也要渡过去，八尺门必须在我们手中！"当驻漳浦旧镇的二七二团团长郑克诚率部以十万火急的速度赶到八尺门的对岸时，便即刻渡海与水兵连会合，并迅速向敌伞兵发起猛烈的反攻，敌伞兵难以招架，非死即俘。

后来，曾参与"东山战役"的敌伞兵随队摄影师回忆说：7 月 16 日 3 时不到，他和他的同伴就被叫醒，用过简单的早点后便匆匆上路，乘卡车由龙潭向新竹空军基地进发。抵达时，22 架 C－46 运输机已升火待发，每架都装载 30 名伞兵和武器配备。可是还没起飞，就有两架飞机的发动机发生故障，一架起火，另一架升空后不得不折回，机上的伞兵无法行动，引来一阵咒骂。飞机升空后，预计飞行 1 小时 45 分钟后抵达东山上空，时间是 6 时到 6 时 15 分。

在飞行途中，有位驾驶员发现风高夜黑，生怕被击中，没等伞兵跳伞就急忙掉头。这位驾驶员降落后，立即受到惩罚。

东山之役，尚未出师，已有两桩不利，实非好兆头。果然，由于空降位置错误，岛上岸边的潮汐计算有误，这些伞兵非但没有派上用场，而且是损兵折将，死了200多人。

叶飞将这一战况及时向陈毅通报："敌伞兵垮了，八尺门已安然无恙。"

时刻关注战况，一天一夜未睡的陈毅在电话里爽朗大笑："好哇，这下龟儿子就没得咒念了！"

东山岛战斗是国共两军在大陆的最后一次大规模作战。此后，蒋介石虽然天天叫嚷"反攻大陆"，但终究没敢派出成建制的部队登陆作战。

四、 援军全面反击

● 国民党有的伞兵还没有落地就命丧黄泉了，这些人在空中飘飘荡荡的，成了"空中僵尸"。

● 解放军某部副排长林士墙带着几个战士向前搜索，发现有两个敌伞兵正在胡乱地射击，样子十分可笑。

● 面对敌人，四班战士投去几颗手榴弹，敌人见状就连滚带爬地逃下去了，还把身上的东西丢在了一边。

各路援军急进东山岛

在东山岛战役中，整个战场被敌方包围、分割。就在解放军进行浴血奋战的时候，在福建、广东通向东山岛方向的各条公路干线上，满载着解放军援军的汽车在快速行驶着。在车队后面，扬起一路烟尘，场面十分壮观。

各路增援部队都在争取一切时间，火速赶赴战区。

漳州附近的九龙江大桥，在 14 日中午，敌机再次侦察时还尚未修复，但晚上工兵们就把桥架好了。所以，在东山岛战役打响的时候，解放军的汽车才得以安全通过，很快向东山岛集中。

在前面我们知道，敌人的大批伞兵在八尺门开始着陆，但在水兵一连和公安八十团后勤派来的一个排的合力打击下，八尺门渡口依然在我军控制之下。

战士们的英勇奋战，使敌人的进攻并不顺利。

当时，我军孤军作战，敌人的伞兵却源源不断，战士们希望援军能够尽快赶到，好尽快打败敌人。

援兵部队最先上岛的是二七二团三营，上岛之后，和敌人进行了激烈的战斗，有力地支援了守岛部队，增加了他们的力量。

后来，二七二团三营协助守卫八尺门水兵，牢牢地控制着八尺门渡口，没给敌人以任何可乘之机，给后续增援部队赢得了宝贵的时间。

即使是兵力得到少许补充，但当时岛上敌我力量对比才刚刚接近十比一，情况也十分危险。敌人大兵压境，伞兵又从空中源源不断地降落，大有吃定东山岛的架势，所以，仍然不能掉以轻心。

解放军增援部队二七二团与公安部队第八十团前后夹击，在重要渡口八尺门发起了坚决的反击，战士们誓死保卫这个渡口。

二七二团先遣营边打边侦察，边打边组织。

当从一名俘虏口中得知敌空降兵指挥所的位置后，指导员立即下令：

> 首先打掉敌指挥所，并采取迂回包围、穿插分割的战术手段，积极歼敌。

看到解放军增援部队源源不断地开进东山岛，而且声势浩大，并且有了统一指挥，一直希望打个大胜仗回去的胡琏，心里产生了极大的挫败感。

面对解放军援军的步步逼近和守岛战士的英勇抵抗，胡琏发狠，将预备队投入到战斗中。

这下他可是花了老本，并进行着垂死挣扎。他已经向台湾国民党当局通报了他们胜利登陆的消息，如果这次登陆最终失败的话，他将无法向台湾国民党当局和蒋

援军全面反击

介石本人交代。

于是，胡琏下令飞机对八尺门渡口以及解放军的增援车队进行猛烈的轰炸，妄图把这个重要的渡口控制在自己手中。

狡猾的胡琏使尽全身招数，但解放军二七二团与公安八十团协力抗击强敌，将八尺门阵地牢牢地掌握在手中。

射击空中敌军伞兵

解放军的英勇奋战，使得敌人的伞兵根本无法集合整队。

国民党伞兵本来信心就不足，经解放军一阵射击冲杀，就更加慌张了，见了解放军就跑，根本没有反击的能力，如此的战斗力是不能和解放军相比的。

在解放军炮火的猛烈打击下，国民党有的伞兵还没有落地就命丧黄泉了，这些人在空中飘飘荡荡的，成了"空中僵尸"，还有的带着伤跌落下来，样子很狼狈，早就没有嚣张气焰了。

敌人的伞兵为一个空降中队，人数差不多有 500 人。敌人的作战目的就是占领八尺门渡口，并抵挡解放军援军渡海增援。

可敌人这数百人的伞兵部队，自从凌晨展开攻击后，直至当天 9 时许，敌人的伞兵部队都未能控制渡口，反倒被解放军水兵和二七二团杀得丢盔弃甲。

而一些幸运着陆的敌人伞兵乱七八糟地降落在岛上后林一带山区，他们的脚跟还没有站稳，岛上的解放军、民兵和人民群众就立即向他们展开了围剿，把他们打得落花流水。

后来，有一个被俘虏的国民党伞兵中尉分队长张永

援军全面反击

春，在回忆中写道：

> 解放军的对空射击火力真猛，打得飞机不
> 敢低飞，有的飞到两三千米以上的高空就慌慌
> 张张地把伞兵丢下了。我领跳的时候就觉得事
> 情不妙。

当时，国民党伞兵副班长邱新林吓得连基本动作都
忘记了，落地后还没有走几步就跌倒在地，胸部受伤。
解放军俘虏他后，马上把他送进医院进行紧急治疗。

后来，邱新林回忆道：

> 我在跳伞时就知道凶多吉少，但想到不跳
> 下来回去也是给枪毙，只得闭着眼睛朝下跳了，
> 结果就……

降落在山里的敌人伞兵到处都是，在解放军的反击
下乱作一团，他们有的盲目打枪，有的干脆藏到山沟和
石缝里去。

为了全歼敌人，解放军某部副排长林士墙带着几个
战士向前搜索，发现有两个敌伞兵正在胡乱地射击，样
子十分可笑。

这个时候，副班长猛地从他们侧后扑去，林士墙从
正面冲上去，快速地靠近敌人。

共和国的
历程·坚如磐石

林士墙大喝一声："缴枪不杀！"

一个伞兵被喊声吓了一大跳，转过身来看了看，慌忙丢枪投降，老老实实地举起手来，而另一个伞兵磨蹭着，似乎还想挣扎。

这个时候，林士墙又喊了一声："你想死想活?!"

在这种情况下，另一个伞兵也就乖乖地放下了武器，被林士墙带回了阵地。

援军全面反击

把敌军伞兵一网打尽

到 16 日 11 时的时候，战士们分割包围了所有的敌人伞兵，而岛上的民兵和群众也张开了"大网"搜捕敌人伞兵。

解放军某部五连四班赶上一座山头，刚爬到上面，几个敌人伞兵也冲了上来。

面对敌人，四班战士投去几颗手榴弹。

敌人见状就连滚带爬地逃下山去了，还把身上的东西丢在了一边。

四班长带领战士往下冲去，刚追到山脚下的时候，忽然没了敌人的踪影。

四班长停下来，四处寻找，他对着稻田大声喊道："不要躲了，赶快缴枪！"

话还没有说完，就有两个伞兵喘着粗气从稻田里爬了出来，其中一个一面爬上田埂，一面还在撕着帽子上的国民党党徽。

四班长把这两个伞兵俘虏后，又继续向前搜索敌人。

他们发现在路旁又有一个奇怪的土堆，看着很可疑，而且上面都是新土。

战士许庆森马上过去扒了一下。

忽然，这个"土堆"就动了起来，只见一个从头到脚都涂满了泥土的伞兵站起来投降了。

就这样，东山岛上的人民解放军、民兵和群众在所有的角落里，把国民党伞兵一个个都搜出来了。

敌人第一次使用伞兵就被解放军挫败了。

战斗至 13 时 30 分的时候，前后不过八九个小时，敌空降兵除 60 多人向南逃窜外，200 多个国民党伞兵都被一网打尽。

号称蒋军"精锐之中的精锐"的国民党伞兵，就这样一败涂地。

敌人近 500 名伞兵逃回去的不足一半，除战斗力低外，敌人空降部队墨守成规的原因不可不提。

敌伞兵中队空降后，并未立刻展开攻击，而是先稍微后撤，收缩兵员，准备形成战斗序列后再度发起冲击，其间耗时 20 多分钟，使得守卫部队有充足的时间组织射击和冲杀。

伞兵中队之所以如此，固然是为了形成有效的战斗队形，发挥最佳的战斗力，但同时也在很大程度上丧失了战术的突然性。

而解放军守卫部队，一方面，利用当地墙垣，坚守阵地，这是很重要的；另一方面，也是解放军守岛部队的坚强意志，促使他们坚持到最后。

援军全面反击

在此期间，国民党进攻部队虽拥有火力、兵力的优势，又有空中支援，依然未能拿下八尺门，不能不说是他们的战斗力根本不及解放军。

　　换言之，如果伞兵中队能够在最初有效地控制渡口，那么解放军的增援部队显然不可能轻易地加入战场，守岛部队也不可能坚持到最后。

　　之所以这样，恐怕不单单是国民党军战斗力弱的原因，其政府和军队的腐败，以及他们的战争根本不得人心，才是他们屡次失败的根源。

　　其间还有一个故事。

　　据传，当初胡琏本不想将伞兵投放于此，是因其远离进攻的滩头阵地，唯恐一旦进攻受挫，部队无法回撤，会被解放军包围，所以才将伞兵投放于此。

　　但因美国顾问的坚持，又因部下的掣肘，最终敌伞兵并未如其所定的计划行事。

　　随着战事的发展，果然应验了胡琏的忧虑和预料，胡琏难以逃脱失败的命运。

毛泽东表扬前线部队

东山岛战斗进行到第三天的时候，在 12 时，增援部队快要抵达东山岛时，毛泽东到了总参作战室，与叶飞直接通电话。

其实，东山岛一开战，毛泽东就非常重视。

由于当时还没有直达线路，声音很小。这次通话是通过华东军区值班的副参谋长张翼翔转达的。

毛泽东最关心的是东山岛登陆可能不是主要方向。他提醒叶飞说道："东山登陆可能是吸引我们注意力，然后在另外地方登陆。"

叶飞回答说："早有准备，已防备敌人在第二个方向登陆。"

毛泽东关切地问叶飞："兵力够不够？需要不需要增援？"

叶飞回答说："我的兵力够了，现在手上还有一个军的机动兵力尚未使用，准备在敌人的另外方向登陆进攻时使用的。"

毛泽东不放心，又问："有没有要求？有什么困难？"

叶飞想了一想说："没有什么要求和困难。就是汽车已全部用光了，但已下命令把上饶到福州公路干线的地方车辆集中到福州机动，请求中央命令江西接替上饶到

援军全面反击

福州的地方运输任务。"

　　毛泽东一听感到很奇怪,就问道:"华东军区有一个汽车团,为什么不给你们福州前线啊?"

　　通话之后,毛泽东马上下令给华东军区:

　　你们的汽车团立即开到福州。

　　战后,毛泽东表扬前线部队:

　　守得顽强,增援得快。

解放军发起全面反击

16 日 23 时，敌人指挥机关在三路主力部队进攻均没有取得实质性进展的情况下，决定加强兵力，把全部兵力投入战斗，妄图以此在天亮前攻下解放军占据的三个主要阵地。

然而，敌人的这个愿望只能成为妄想了。

在 7 月 17 日凌晨，解放军的增援部队二七二团接替了公安八十团的阵地，和敌人继续作战。

解放军二十八军的八十二师和四十一军一二二师先头团已渡海进入东山岛。

有了大批援军，守岛部队的信心就更足了。

四十一军一二二师先头团三六五团登岛后，马上在凌晨 5 时向王爹山方向的敌军展开猛烈的攻势，以减轻主阵地的压力，分散敌人的力量。

二十八军八十二师二四四团登岛后，以迅猛的动作从左翼发起冲击。本来这个任务很艰巨，而且也相当困难，但战士们不畏艰险，勇猛冲击。

4 个团的增援部队都来了，决心舍身为国的游梅耀欣喜交加，诙谐地开玩笑说：

今天牺牲不成了，又多了一次与死神擦肩

援军全面反击

的经历。

随后，游梅耀和4位援军团长开会研究战情。

在会上，他们决定不待增援部队全部到达，就马上向国民党发起全面反击，等待的时间越长，对守岛部队就会多一分威胁。

大家一致认为：

与其等待，还不如快速出击。

游梅耀他们的建议获得了叶飞的批准。

鉴于敌军已经出现动摇和准备溃逃的迹象，福州军区指挥机关果断决定，不待增援东山岛的部队全部到齐，便即刻命令：

已登岛部队向敌军发动全面反击。

待三十一军军长周志坚率九十一师指挥所登上岛后，顷刻之间，东山岛的军事力量对比就发生了急剧的倾斜，解放军的兵力是越来越强大，而且是源源不断的援军不断投入到战斗中。

这次全面反击作战的具体部署为：

登岛部队分西、中、东三路方向出击，最

后聚歼登岛之敌于湖尾以西地区。

西路攻击部队由四十一军一二二师三六五团与一二一师三六一团三营组成。

中路攻击部队由三十一军九十一师二七二团组成。

东路攻击部队则由二四四团组成。

在三路反击部队中，打得较为艰苦的为东路的二四四团部队。然而，不管条件有多么艰苦，大家都下定决心全歼敌人！

在我各路援军陆续登岛的强大压力之下，蒋介石等国民党一干要人曾一度幻想凭借其强大兵力攻占东山岛的希望全部破灭了，此时，他们已感到战局正朝着于己不利的方向发展。

为避免被解放军分割包围而彻底歼灭，他们决定收拢部队，寻找时机尽快突围，回撤台湾，力争早日离开这个让他们又一次失败的东山岛。

援军全面反击

登陆援军击败敌军

在全面反击战中，解放军二四四团追击敌人到柯塘山。在这个时候，他们受到敌人两个连兵力的阻击，瞬间和敌人展开了激战。

这次敌人居高临下，而这座山又陡又滑，担任攻击任务的二四四团二连一排，两次发起冲锋，到最后，只有十来个人还能够坚持战斗。

战士们再次攻击的时候，又被敌人临时构筑的地堡中的火力压制得难以行动。

正在进攻受阻之际，五班长张学栋为了保证进攻的胜利，他不顾随时都可能牺牲的危险，端起机枪冲向敌阵，决心与敌人同归于尽。

张学栋一个人冲到敌地堡火力点前10多米的地方，浑身上下已经多处受伤。张学栋顾不上这一切，他随手摸出一颗手榴弹投向敌人的地堡。

手榴弹在地堡的旁边爆炸，敌人的机枪暂时熄火了。

当张学栋艰难向前爬行的时候，敌人火力点的机枪又响起来，一颗颗子弹打在他的身旁。

这个时候，伤势严重的张学栋，在手榴弹和子弹全部用光了的情况下，没有丝毫的犹豫，他呼喊着战友们冲锋的口号。

突然间，他吃力地站了起来，朝着敌人地堡扑了过去，用自己的坚强身躯，死死地压在敌人的射击孔上，为夺取柯唐山献出了自己宝贵的生命。

战到17日9时，胡琏看到军用地图上的红蓝两色极富戏剧性地交换了位置，他自知无力回天，担心相持下去有被全歼的危险，就开始作撤逃的打算了。

胡琏首先把20多辆坦克撤走，命令少数部队向解放军发动佯攻，以掩护大部队撤退。

这个时候，解放军援军开始大规模登陆。

由于东山岛上的唯一港口已经被敌人占领，解放军就在一些不便登陆的地方由海军舰艇和地方船只输送，采取小规模、分散的方式登陆。

战士们争先恐后、个个踊跃，登陆部队很快冲到了岛上。

限于登陆地点有限，登陆的解放军没有携带重装备。

在解放军登陆时，海面上敌我双方的军舰已经开始交火，敌人难以分心对登陆的解放军进行拦截射击，所以解放军在登陆过程中基本没有损失。

登陆的解放军陆军和敌人展开了激烈的争夺战。

与此同时，在东山岛附近海面，敌我双方的军舰发生了激烈的海战，海战一直打到敌人撤退。

这次登陆进攻的援军，战士们的战斗意志都很顽强。在进攻的时候，战士们冒死前进，在敌人的疯狂扫射中步步推进，许多战士因此献出了宝贵的生命。

援军全面反击

由于我军将士英勇顽强，拼死冲杀，国民党军队在码头失守、岛上退路已被堵死的情况下，为了一线生机，只好负隅顽抗，而当他们看到海上自己的军舰也开始撤逃时，东山岛上的敌军战斗意志顷刻间就崩溃了。

这次袭击东山岛的大部分士兵是国民党的台湾新一代年轻兵员，他们使用的都是美式装备。

统辖这些年轻士兵的各级指挥官，几乎都是经历过国共内战而退到台湾的一些老兵，他们都有被解放军打败的经历，因此在勇敢的解放军面前，这些"老兵"一个比一个胆怯。

所谓"兵熊熊一个，将熊熊一窝"，熊将领新兵，当然不堪一击。

7月17日18时，解放军三路反击部队逼近了湖尾沙滩。

登岛的国民党士兵眼见大势已去，唯恐被解放军歼灭，便迅速放弃了东山岛，丢盔弃甲，纷纷拥向海边，争相夺船逃命。

一时间，海边大乱。

五、 取得最后胜利

● 叶飞接到毛泽东主席亲自打来的电话，他大声说："报告毛主席，敌人顶不住了，开始撤退了。"

● 毛主席在接到东山战斗报告时，他说："东山战斗不光是东山的胜利，也不光是福建的胜利，这是全国的胜利。"

● 叶飞说："东山战斗解决了我们一个问题：敌人随时可能集中绝对优势兵力来侵犯我们，我们能不能顽强地抵抗？"

叶飞报告胜利消息

敌人正准备后退的时候，值班参谋让叶飞接听毛主席的电话。

毛主席亲切地问："叶飞，东山战况如何？"

叶飞接到毛泽东主席亲自打来的电话，他没想到东山战斗竟然惊动了远在北京的毛主席，说明事关重大。他心里非常激动，因为敌人失败已成定局。

叶飞大声说："报告毛主席，敌人顶不住了，开始撤退了。"

毛主席又问道："守东山的主官是谁啊？"

叶飞认真回答说："团长游梅耀，是个老革命了，指挥打仗有两下子，这次表现得很出色。"

和毛泽东通过电话后，为了不让敌人乘军舰逃掉，叶飞急令周志坚：

立即跟踪追击，要贴着他们的屁股追，决不能让胡琏来此一游就算了，那样太便宜了这个家伙！

敌人在撤逃的时候，由于部分敌舰船在登陆和海战时被我军击毁击伤，无法载运所有人员，加上正在发生海上战斗，顿时一片混乱。

一直停留在海上的敌人登陆作战总指挥部决定，放弃还在岛上苦战的部队和指挥部，只率领部分从岛上撤逃的官兵和在海上待命的一个师的预备队，慌忙逃出东山岛水域。

被扔在沙滩上的部分国民党残军只得向解放军举手投降，成了俘虏。

东山岛战役，解放军歼敌3379名，其中被俘715人，击毁敌坦克两辆，击沉小型登陆艇三艘，击落飞机两架，而且这一仗使敌人只有两个旅的伞兵损失上百人。另外，还缴获1000多支冲锋枪和一批弹药及军用物资。

东山岛战役胜利的原因，后来归结为：

1. 解放军守军拼死抵抗，尽管只剩下很少的人，也始终控制着岛上的制高点，没有使整个东山岛被敌人完全占领。该制高点尽管已经完全丧失了进攻能力，但是在配合解放军登陆反攻作战中，起到一定的作用。

2. 福建和广东二省的解放军部队同时紧急出动。解放军多路、多方向的迅猛反击登陆作战行动，以及解放军海军及时配合陆军的登陆行动并展开海上战斗，迫使岛上防守敌人得不到充足炮火支援，影响了反登陆作战和对解放军守军部队的进攻。

取得最后胜利

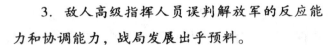

3. 敌人高级指挥人员误判解放军的反应能力和协调能力，战局发展出乎预料。

4. 美国人不支持敌人"反攻大陆"（怕把美国给扯进去）。东山岛敌人的登陆进攻行动，没有事先通知美国政府，以防美国第七舰队进行拦截。敌人在得手时没有第二波重兵团渡海部队跟进，在失手时没有得到来自台湾强大海空支援，可能都与美国的态度有关。

在东山岛惨败后，台湾扬言要报复，于是，东山岛形势依然很紧张。

游梅耀督率全军将士秣马厉兵，高度警戒，时刻准备痛歼来犯之敌。

在那段时间，从八尺门通往汕头和云霄的两条公路，运载作战物资的汽车络绎不绝。晚上，车灯大开，道路彻夜通亮，炮兵已经到位，炮口瞄准海滩，防止敌人的再次袭击。

经游梅耀建议，叶飞批准，修了海堤以加强海防，把八尺门与大陆连接起来了，从此天堑变通途，东山岛成了半岛。

国民党为了反攻大陆所进行的袭扰活动，的确花费了很大的心思，从1949年秋季至1953年7月，共进行了4年的阴谋策划活动。

在这短短的4年中，国民党军队对东南沿海地区进行的袭扰活动共约 71 次，出动的总兵力为 4.77 万余人，但是，敌人的袭扰并没有达到其罪恶的目的，而在多次袭扰中，光死掉的就有近 8000 人。

东山岛保卫战，是解放军对国民党反袭扰战中最大的一次作战行动。而国民党军队在这次登陆作战遭到惨重失败以后，便不得不变换手法，彻底放弃了"以大吃小、速战速退"的战略方针。

还需一提的是，东山之役是美国中央情报局所属"西方公司"在台湾及外岛准军事作业的转折点。自此以后，"西方公司"认为蒋介石是扶不起来的"傀儡"，逐渐停止了支持蒋介石的"游击队"活动。

1955 年，"西方公司"头子汉密尔顿等人转告宋美龄，"西方公司"马上就要撤离台湾。

对于汉密尔顿提出要撤离台湾，宋美龄根本没有想到。本来，东山战役是 1953 年 6 月汉密尔顿由美国重返台湾后开始规划的，这是 1949 年国民党退出大陆后针对大陆所采取的最大规模的军事行动。这也是汉密尔顿的一次关键的"东山再起"的机会，他亲自拟订了作战计划，然后又飞往金门和胡琏面商。在战役开始前，他还亲自为宋美龄和台方高级将领们作了一场简短的报告。如今，汉密尔顿却撒手不管了，宋美龄感到很伤心。

当"西方公司"在台湾的负责人狄兰尼通知公司关门的消息时，宋美龄好比听到一位"密友死亡"般震撼。她一语不发，孤独地离去。

取得最后胜利

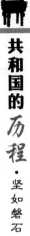

那是一个阴雨天，只有一位随从为她撑伞。狄兰尼目送宋美龄在雨中踽踽独行，乘车离去，那情景好像在为"西方公司"和台湾关系的死亡举行丧礼。

国民党当局觉得反攻大陆的希望更加渺茫了，所以，对解放军的袭扰活动就没有那么疯狂了。

此后，国民党军队仍以小股武装对大陆进行袭扰和窜犯，这种小股窜犯活动，一直延续到 1965 年 8 月才渐渐停止。

慰问守岛官兵与群众

东山岛战斗胜利结束后，当叶飞向陈毅汇报战果的时候，陈毅感慨万千，他深情地说：

> 东山战斗胜利的意义不在于杀敌数量的多少，而在于把敌人的计划彻底粉碎了。这不仅是军事上的很大胜利，而且是政治上的很大胜利。

毛主席在接到东山战斗报告时，他说：

> 东山战斗不光是东山的胜利，也不光是福建的胜利，这是全国的胜利。

毛主席和陈毅为什么都说东山战斗胜利是全国的胜利呢？

因为东山战斗是蒋介石在美国指使下进行的一次战役，当朝鲜停战谈判以后，美国破坏签字，想利用李承晚释放战俘及利用蒋介石向大陆侵犯机会，打击我们，以达到破坏停战的目的。

如果这一仗打不好，势必影响我们在朝鲜的谈判。

我们反过来打击了他们，把他们的反动气焰打下去了，敌人的惨败就是我们的胜利，因此，我们就会赢得朝鲜谈判的筹码。

从这个意义上来说，东山岛战役的胜利不是局部胜利，而是全国胜利。

当时国内只有东山岛这个地方在打仗，因此打仗不是一个地方问题，而是一个全国性的问题。

毛主席还对叶飞说：

你们头脑要冷静，不要轻敌，现在美帝、蒋介石就是看中你们福建了。

毛泽东继续对身边的人说道：

我们还要准备比东山更大规模的战斗，把敌人消灭在水上，如上来了，消灭他在陆地上，不要怕。

当毛泽东得知守备部队的伤亡情况时，他马上指示从他家乡抽调一个营以作补充。

不久，从韶山开来的一个营，共有 500 多人，加入了公安八十团的序列。

在东山岛战役结束之后，战役的功臣——游梅耀奉命到省委面见叶飞，他笑着说道："叶司令，我是来接受批评和处分的。"

叶飞一听，他拍了拍游梅耀的肩膀，跟着爽朗地笑了起来，亲切地说："小批评，大表扬，我们的君子协定是有效的。"

一阵热情的交谈之后，叶飞亲自请这位部下吃饭，并和游梅耀一起喝庆功酒。而当游梅耀动身要回东山时，叶飞还专门下令给他配一部美国吉普车，以便他日后指挥。

看来，叶飞对游梅耀的厚爱是显而易见的，真可谓是叶飞的爱将。

在那个时候，很多作战指挥官还无法享受这样特殊的待遇，团长游梅耀正是用他的勇敢赢得了上级的赞许和厚爱。

17日，中央军委号召全国边防团，向东山公安八十团学习，新华社也广播了东山岛战斗的要闻。

在这之后，时任中央重工业部代部长兼航空工业局局长的"何铁嘴"何长工还代表党中央，率领从朝鲜回来的文工团到东山前线进行慰问。

国防部还下令，把公安八十团完全交给福建军区编制，并且改称"边防独立团"，由游梅耀担任团长兼党委书记。

到7月19日，中共福建省委员会、福建省人民政府、各民主党派和各人民团体联合组成慰问团，由福建省人民政府秘书长孟东波率领，前往东山慰问人民解放军海

取得最后胜利

防部队和协助部队作战的当地群众。

慰问团带着大批慰问品和慰问信前来，随同慰问团前来的还有福建省京剧团、公路文工团、闽南文工团和7个电影放映队等。

中国人民解放军福州军区政治部，也在18日派出该部文化部部长蒋峻基，率领来福建演出的华东军区解放军剧院话剧队、福建军区文工团歌舞队和电影队，并携带大批慰问品和慰问信，前往东山慰问海防部队，使广大官兵和人民群众深受感动。

关于国民党悍将胡琏的下场，正如叶飞在事后回忆说：

> 我们有个金门失利，国民党有个东山失利。
> 胡琏因金门得手升了官，却因东山失利倒了霉，也算是个报应！

毛泽东的战后思考

东山岛保卫战的胜利，高瞻远瞩的毛泽东又在思考更加深刻而长远的问题。

这次作战，可以说是一场小规模的海陆空立体战争，敌人空中有飞机，海上有军舰，还有海军陆战队、空降兵和水陆两用坦克，战斗力可谓很强了。

敌人的海军航空兵是在海洋上空执行作战任务的海军兵种，按照起降基地不同，分为岸基航空兵、舰载航空兵，解放军在这点上比不上敌人。

如果没有海上制空权，根本就谈不上现代化的海防。

虽然解放军在 1952 年 4 月建立了海军航空兵部，以陆军第十军第三十师师部和空军第九师第二十五团为基础，在上海虹桥组建了人民海军第一支航空兵部队，即海军航空兵第一师。但这支部队在武器装备和作战能力上，还无法与敌人进行正面的较量。

当时，这个海军航空兵第一师辖有一个水下鱼雷轰炸机团，一个歼击机团，与敌人相比，确实实力悬殊。

毛泽东也深深知道航空母舰的威力。

在这次行动中，美国的 CV – 10 "约克城"号和 CV – 12 "大黄蜂"号航空母舰虽然没有直接参加战斗，可从航空母舰上起飞的国民党飞机却给解放军造成了极

取得最后胜利

大的威胁，给解放军作战制造了极大阻力。

诞生于"一战"期间的航空母舰，力量真正为人们所认知是在"二战"当中。从1942年开始，美、日两国在太平洋战场上相继进行了4次大规模航母战，"二战"的历史轨迹也因为这4次海战而发生了很大的改变。

美、日航母在太平洋上的一系列较量，是世界战争史上绝无仅有的海空大战，实践证明了航空母舰在现代海战中的主宰作用，使人们彻底放弃了"巨舰大炮制胜"的传统观念，把目光转向这种庞大的战争利器，从而引发了战后各国持续研制和发展航母的局面。

新中国临海海域广阔，从北向南依次是7.7万平方公里的渤海、38万平方公里的黄海、77万平方公里的东海和350万平方公里的南海，海域总面积约为473万平方公里。海上分布着5400多个岛屿。中国海岸线总长度约3.2万公里，居世界第8位，其中大陆海岸线1.8万公里，岛屿海岸线1.4万公里。

毛泽东想，拥有如此辽阔的海疆，就要求新中国不但要有自己的强大海军，还应该有自己的航空母舰，否则，这么长的海岸线，要想不受外敌的侵略，那是非常困难的。

事实上，当时我国刚刚建国，真是百废待兴，别说建造航空母舰，就是组建一支真正意义的海军也是非常困难的。

毛泽东的忧虑还在于，现在刚刚建国，要做的事情真是太多了，工业、农业、国防科技，哪一样不是非常重要的呢？

没有一定的经济基础，这就好比"巧妇难为无米之炊"，新中国当时的处境，确实很困难啊！

毛泽东一个人静静地伫立在窗口旁，久久地望着蔚蓝的天空。一缕香烟的烟雾在他周围缭绕。

为了人民军队的现代化建设，毛泽东没有停止他的思考……

取得最后胜利

叶飞总结战役经验

7月23日，叶飞在报告东山战斗胜利的意义及情况时，他说：

> 我们这次为什么能打得好，首先是前线指挥官不机械执行命令，照当地战斗情况需要，下决心打，不撤。前线指战员的极端坚强，这是国民党军队所学不到的。

> 东山战斗解决了我们一个问题：敌人随时可能集中绝对优势兵力来侵犯我们，我们能不能顽强地抵抗？

> 南日岛的失败是一个连没有能坚持到晚上。敌人一开始来是集中的，我们是从分散到集中，东山这个部队能够坚持，证明完全可以用少数部队依靠地形抵抗强大优势敌人，争取主力增援消灭敌人。

这也正如有人对十兵团的评价那样：

> 看十兵团的战史，总的感觉是渡江胜利后有攻上海的挫折，福厦胜利后有金门失利，沿

海平静一个时期后有南日岛的受挫。因此，东山大捷，让十兵团上下长舒了一口气。

人民解放军此次海岛防御作战的胜利，使国民党当局建立"反攻大陆"的"桥头阵地"计划成了泡影，这也是我人民解放军和广大人民群众在打击国民党军登陆窜犯活动中最大的一次胜利。

从这次胜利的海岛保卫战中，叶飞认为，获得了以下几条主要经验：

（一）正确判断情况，果断定下决心，是此役取胜的先决条件。该当时的作战预案，对东山岛是采取机动防御的方针。亦即一旦发生敌较大兵力进犯时，守岛部队除留一个营阻击外，其余人员迅速转移出岛，而后视情组织反击。但此次国民党军在以重兵进攻的同时，用空降兵切断了岛陆之间的交通，若在绝对优势之敌前后夹击下，仍按原定预案转移出岛，必然会造成重大伤亡。

而登陆之敌若占据该岛的核心阵地，我军再行反击也要付出很大代价。在这种情况下，公安八十团团长果断定下坚守待援的决心，并得到三十一军和军区首长的同意。事实证明，各级指挥员必须根据情况的变化采取相应的方

取得最后胜利

案，方能取得战斗的胜利。

（二）步步阻击，收缩兵力，坚守要点，为增援部队反击赢得时间。战斗打响时，敌我兵力之比为 10∶1，若在一线阵地与敌硬拼，必遭敌分割包围，各个被歼。公安八十团各前沿分队利用有利地形步步阻击敌人，迟滞敌人的行动。

最后全部退守到牛犊山、公云山和王爹山三个主阵地并顽强地顶住了兵力占绝对优势的敌人的数十次轮番进攻，坚守了近一昼夜，为我增援部队登岛反击歼敌赢得了时间。

（三）以坚决果敢的行动，迅速歼灭敌空降兵，是取得战斗胜利的重要因素。此役中，国民党军实施的战术空降，对我守岛部队构成了相当大的威胁。况且又是我军在海岛防御战中首次遇到敌人使用空降兵。

然而，我军在此突发情况下能沉着应战，抓住战机，速战速决，对于稳定全岛防御态势起了决定性作用。敌实施空降时，目标暴露，队形混乱，指挥困难。水兵连指战员在当地民兵有力配合下，先敌开火，在空中就开始杀伤敌有生力量，并大量歼敌于立足未稳之中，有效地挫败了敌空降兵与登陆主力会合的企图，为增援部队登岛歼敌创造了条件。

112

（四）民兵和人民群众的支前参战，是取得战斗胜利的又一个保障。战斗开始后，区委书记带领后林村民兵有力地配合水兵一连，坚守八尺门渡口，并杀伤敌伞兵一部。

在战斗间隙，岛上民兵和群众冒着生命危险为部队运送弹药，送水送饭，抢救和护理伤员。他们还组织大批民船、车辆昼夜运送增援部队，组织护路、护桥和转运伤员。特别是在八尺门渡口的 90 名民兵船工，不顾敌机扫射，很好地完成了运送援军和大批作战物资的任务，立了大功。

另外，有人认为，在轻武器装备上，当时东山岛前线部队已经装备了新式半自动步枪，也就是后来的五六式半自动步枪。而敌人装备的还是第二次世界大战时美军大出风头的汤姆逊冲锋枪。

解放军用新式半自动步枪以一敌十，打得敌人落花流水。更为重要的是国民党士兵很快就打光了单兵携带的子弹，而后勤组织混乱又补给不上。相比之下，解放军半自动步枪则发挥了节省弹药的优势。

这种五六式半自动步枪系仿自苏联 SKS 半自动步枪。1950 年，中国在苏联的帮助下建立了自己的军工业。后来，到 50 年代末五六式半自动步枪就大量装备了中国人民解放军，取代了五三式骑枪、日本三八式步枪和部分

毛瑟步枪以及美国 M1903 式斯普林菲尔德步枪等，成为中国人民解放军的制式步兵武器。

五六式半自动步枪为自动装填子弹的半自动步枪，具有重量轻、射击精度好等优点，并装有折叠式刺刀，可以进行白刃战。

可以说，东山岛之战，使解放军重新认识了这种当时最新型的半自动步枪。

当万名国民党军队在东山岛惨败后，美国顾问蔡斯急忙前往部队了解情况，他很想知道，国民党究竟为什么会败得这么惨。

有顾问埋怨说："从装备和训练来说，绝对是解放军所不能比的，均在解放军之上，因为美国的东西总是世界最先进的。但战斗力方面，蒋的部队就远不如解放军厉害，又一触即溃，像一群废物似的！"

蔡斯大为不解地问："就这么短的时间，从出发到归航才 37 个小时，就死了这么多？太不可思议了！"

又一名顾问诉苦道："日子不好过啊！帮助这样一群人打仗，真是度日如年，实在难受！"

蔡斯继续问："其他损失呢？今天一早，老蒋还为自己寻找借口，说是他们准备最久的一次攻击，我看这该是最惨的一次攻击了！"

顾问们都在叹气，其中一个说："其他损失也不小，2 架飞机、3 艘小型登陆艇也没有了；轻重机枪 100 多挺、无后坐力炮两门、六○炮 26 门、火箭筒 18 个也没有了，还有其他大批枪支弹药和军用物品。该死的国民党当着我们的面，又把大批美援白送给了解放军！"

从美国顾问的态度和谈话中可以看出，国民党军队和已经倒台的蒋介石政府还是那样腐败无能。

在这之后，国民党和美国顾问召开了一次"检讨会议"。蒋介石觉得无颜面对大家，就没有出席，会上，都是蔡斯在训斥国民党。

会议一开始，蔡斯就教训道："我真的是无法想象，我们都准备了好几年，比第二次世界大战中的邓苟克战役还充分，却败得这么惨！在这么一个小小的岛上，对方措手不及，防卫力弱，驰救困难，武器落伍，而国军却不堪一击！"

蔡斯看了一眼蒋经国，冷笑道："我不打算在这时候研究新闻稿，我只想和大家研究一下：为什么我们败得这样惨！"

蔡斯继续说道："首先我想起的，是你们说的：东山岛上居民一旦发现国军进攻，必然起来帮忙打共产党，而我们也必然在里应外合的情况下，攻占目标、消灭敌人，然而到最后却是什么情况呢？你们自己想想吧！"

蔡斯的话让在座的国民党将领觉得比被人打了一耳光还难受，没有一个人敢大声说话，更不敢看这个耀武扬威的美国顾问。

会场上死气沉沉的，蔡斯好不容易抓到了一个痛击蒋介石的好机会，他怎么会轻易放过呢？他觉得这次失

取得最后胜利

败，完全是国民党造成的。

蔡斯讽刺蒋介石的"军中政治工作"道："我们很清楚，军中政治工作万分重要，而其主要任务，在于告诉他们为什么要反共，怎样去反共。东山岛之战则暴露了你们军中政治工作的弱点！"

后来，蔡斯又加了一句："我们要改善才行！"

在座的人大为吃惊，这其实不是什么"反共"的问题，而是美方要对蒋"逼宫"了。

蒋经国为了不让蔡斯再就这个问题说下去，就怯怯地说："谢谢蔡斯团长的意见，我们是要改善！我们的军中政治工作做得不好，我们是要改善！"

之后，那个美国顾问蔡斯又在那里喋喋不休地说了很多，显然对蒋介石是越来越不满意。

解放军宽待俘虏

在东山岛战斗中，被解放军俘获的国民党将领和士兵达 700 多人，都得到人民解放军的宽大待遇。在这方面，敌人却没有如此的胸怀。

这些国民党俘虏被带回解放军的营地后，解放军就发给他们蚊帐、衣鞋等各种日用品和零用钱。

敌人的一些病伤俘虏很快就得到了妥善的安置和治疗，那些被俘官兵每天吃到的饭菜远比在国民党军队里还丰富可口。

战役结束后的两个月，解放军就帮助许多被俘官兵联系他们在大陆的家庭，并分三批将部分被俘人员送回家乡。

1953 年 10 月 12 日和 14 日，人民解放军又分两批释放在东山岛战斗中被俘的国民党官兵。

到这时，在东山岛战斗中被俘的 700 多人中，已经有 600 多人被释放，其余的也在以后一段时间里继续被遣送回家。

那些被俘的国民党官兵非常感谢人民解放军给他们的宽大待遇。

前国民党伞兵总队一大队二中队少尉分队队副张念享激动地说："人民解放军宽待俘虏的政策完全和以前一

取得最后胜利

样。我们被俘后官兵都得到同样宽大的待遇。现在，我们开始认清了美帝国主义和蒋介石匪帮的罪恶本质，再不信他们的胡言乱语了。在短时期内，我们大部分人已接到了家信，知道了家乡安居乐业的兴旺景象。我庆幸从此可以重新做人并和家人团聚了。"

对所有被释放回家的国民党俘虏，人民解放军一律发给他们回家的路费，甚至家在北方的还发给棉衣，在各个方面都很照顾他们，使他们受到强烈的触动，都纷纷表示愿意为建设新中国贡献自己的力量。

参考资料

《新中国海战档案》崔京生著 中国青年出版社

《开国十少将》宋国涛著 中共党史出版社

《新中国军旅大事纪实》张麟 程秀龙著 湖南人民出版社

《海滨激战》本书编委会编著 河南人民出版社

《中国革命战争纪实》金立昕著 人民出版社

《解放战争大全景》豫颖主编 军事谊文出版社

《十大王牌军》本书编委会编著 广西人民出版社

《震撼人心的历史瞬间》樊易宇 邓生斌著 长征出版社

《解放军英雄传》本书编委会编著 解放军出版社

《五十年国事纪要》余雁著 湖南人民出版社

《国史全鉴》本书编委会编著 团结出版社

《三野十大主力传奇》张敬山著 黄河出版社

《中国雄师——第三野战军》本书编委会编著 中共党史出版社

《第三野战军简史》王辅一著 中共党史出版社

《高歌向海洋》本书编委会编著 福建人民出版社

《台海对峙六十年》本书编委会编著 中华传奇出版社